Ivkova slava

Ivkova slava

Stevan Sremac

Globland Books

GLAVA PRVA: ĐURĐEVDAN

Još dan-dva pa će osvanuti lepi Đurđevdan, mladi i lepi proletnji svetac. „Đurđev-danak, hajdučki sastanak", tako se peva, jer mu se odvajkada naš narod radovao. Nekada mu se radovali hajduci, a danas mu se raduju još mnogi ljudi. Ah, ko mu se sve ne raduje! Raduju mu se momci i devojke, starci i babe. Oni prvi, da zaigraju u kolu, a ovi drugi, da ogreju grbinu. Raduju mu se sluge, što će promeniti svoje džandrljive gazde, i gazde, što će se oprostiti svojih lenih i kradljivih slugu; raduju mu se ljudi izešni, što će omastiti brke mladom jagnjetinom, i dobri prijatelji, radi mnogih slava po kojima će zaređati. I sami Cigani — ovaj sumorni rod — i oni mu se raduju, i možda još najiskrenije. A i kako ne bi! Nastaju topliji dani, a koliko im tek briga skidaju ovi s vrata! Neće im više mećava zasipati u čergu, niti će ih „gospodar-vetar" šibati uzduž i popreko, od pete do perčina. Izmileće im Cigančići u ono malo skromno toalete svoje i jariće se na toplim zracima đurđevskoga sunca kao gušteri. Tek onda će videti koliko su bogati, jer im neće trebati, izlišna će im biti i čerga, kad se opruže ispod zvezdanog neba i zahrču uz cvrkut popaca i zrikavaca poljskih. A sem toga će ovoga dana i oni svi, svi bez razlike — pa krstili se ili klanjali — omastiti brke pečenom jagnjetinom; zaliće je vinom, zapevati i zaigrati i zasvirati za svoj račun. A kupiće za taj dan jagnje — makar ga ukrali! I ko se krsti, i ko se klanja, svaki milet i svaka vera, svi se raduju Đurđevdanu.

Pa je li kakvo čudo onda, što se i Ivko jorgandžija radovao tome danu, kad mu je, sem toga, toga dana i slava bila?! Jest, toga će dana biti širom otvorena njegova kapija, i kuća će njegova primati u svoja gostoljubna objatija sve, i zvane i nezvane, i poznate i nepoznate goste. A Ivko je čovek gostoljubiv, milo mu da dočeka i počasti. Vodi računa o onome kome ide i pamti, je li mu vraćeno. Što je najboljega preko godine u kući njegovoj, to se obično čuva za slavu. Najbolja rakija, najbolje vino, najbolje slatko, najbolja živina, i sve što se može dobro pojesti i popiti, čuva se preko cele godine za taj dan. Sprema se, takoreći, cele godine onako sistematično, istiha, ali što bliže tome danu, sve je sprema življa.

Zato je od ovo nekoliko dana grdan posao u kući Ivka jorgandžije. Svi su spali s nogu spremajući, a najviše Ivkova domaćica Keva, žena vredna i čismena, koja je vazda u poslu i inače, i jedva ugrabi da ode dvared nedeljno u hamam da navrani kosu i tegli veđe. Na dan-dva pred slavu bile su sve sobe i sva kuća okrečena i sav nameštaj provetren; jastuci s minderluka rasparani i vuna izdrndana i sve to uneto i po novom rasporedu nameštено. Sva kuća čista kao kutija, i spolja i iznutra. Bele se zidovi, žuti se lipovina na dolapima kao limun, a šarene se ćilimovi po minderlucima i po podu kao baštica puna šarena cveća. Izgleda kuća kao ona biblijska mlada što čeka svoga ženika.

Cigle u hodniku premazane su crvenom bojom, i već dva

dana kako Ivko ne sme da puši u sobi, a svoje plitke cipele ostavlja skoro čak na avlijskim vratima i u čarapama ide preko okrečenog i crvenom bojom po tlu omazanog hodnika u sobu, a već šegrte i ne pušta čismena domaćica ni u hodnik. Oni još iz avlije moraju da se jave, da viknu: „Strinke, strinke, mori!" a ona im onda preko doksata izdaje naloge i odatle im sluša — kao kakvu serenadu sa balkona — njihove izveštaje.

Toga radi i Ivko slabo dolazi kući i ulazi u kuću. Upravo on i ne zna šta radi od ovo nekoliko dana. Rad bi da pomogne ženi, pa se ustumara po avliji, dok mu ona ne podvikne da joj ne smeta; on se onda digne opet u dućan, u kome se samo okrene, pa ide dalje za poslom, a ništa ne svršava. Nigde ne može da ugreje mesto. Taman sedne, a već mu se čini da dangubi, pa se digne i ide dalje. „Kud ćeš, majstor-Ivko! Sedi, majke, malko!" vele mu i zaustavljaju ga. „Ne mi se sedi; imam si, ete, nekuj poslu! Ete, slava mi je prekosutra! Ajd' sa zdravje pa, ela-te, izvoľte!" veli i odlazi negde kao muva bez glave, ali tek misli da radi i otaljava nešto, jer nije naučio, smrt mu je, da sedi besposlen. Ide tako, pa gde vidi poznanike, a on se onako umoran svrati među njih i sedne da se odmori: „Duša mi iskoči!" hukne tek Ivko. „A što?" pitaju ga. „Pa za to! A zar ne znavate dek' slavim Đurđovdan?!" „Znamo dě" vele oni „pa posedi malo!" „Imam si poslu. Zbogom, pa boga vi neću nazovem, ako mi ne dođete!" veli i ide dalje. Prođe tako po nekoliko kafana, popije u svakoj po jednu rakiju, počasti nekoga, pa se digne po mahalama i tumara sve dok ne ogladni, a onda ide kući.

Uoči samoga Đurđevdana došao je kući ranije. Pomagao je ženi u kujni do neko doba noći, a zatim izvadio haljine iz sanduka i očistio ih sam svojom rukom. Naročito je razglédao dug crni salonski kaput, koji je poručio još prve godine kad je u jednoj deputaciji učestvovao. Bio je to kaput bestraga dugačak, skoro do članaka i vrlo retko upotrebljavan, svega četiri ili pet puta godišnje. Davno ga ima Ivko; od to doba je dvaput izlazio iz mode i dvaput ulazio u modu. Pošto je haljine poslagao i vrh njih metnuo neku zelenu svilenu mašliju, stao je, pa je razmšljao koji će prsluk da uzme: da li onaj crni koji je poručio kad i ceo par crnih haljina, ili jedan drugi, svileni, sa nekim velikim cvetovima žute boje u saksijicama, u kom se majstor Ivko pre petnaest godina venčao. Odlučio se da uzme ovaj poslednji. Utom je ušla i domaćica, oboje umorni dopustiše sebi odmora. Malo su se razgovarali o sutrašnjem danu pa posle zaćutaše. Ivko je malo posle još nešto zapitao domaćicu, ali je piscu nemoguće kazati da li je domaćica i čula pitanje, ili Ivko možda nije čuo ili čak ni sačekao odgovor, jer se naskoro čulo hrkanje u duetu.

Osvanu i taj dan. Iako su podocnije legli, ipak su vrlo rano ustali. Ivko se obukao vrlo rano i šetao se onako svečano obučen po avliji i gledao u svoje oviksane cipele na nogama i malo-malo pa se okretao da vidi kako mu padaju pantalone preko visokih štikala na novim cipelama, i pevuckao jednako kroz zube tropar svoga sveca. Tako je gledao da utuče vreme. Ali još nikako da zvone na jutrenje, i njemu se već dosadi šetanje. Jer, Ivko je bio od onih starovremskih ljudi koji je znao šta je red; dok ne uzme naforu, ne bi vam majstor Ivko ni običnog praznika ništa uzeo u usta (pa ni kafu ni uz nju cigaru, kao što je to u druge dane svako jutro činio, sedeći sa svojom domaćicom na doksatu) — a kamoli na dan svoje slave da tako nešto uradi! Pa zato mu je dugo vreme. Pregledao je sve od avlijskih vrata do ulaska u sobu — kud će gosti prolaziti — i nigde ni traga od kakve neispravnosti. „Mogli bi, vala, već sad početi da dolaze" misli Ivko, a nikako da zazvoni. „Rano si ustado'" misli Ivko „ama, koj može da spije!" Uzede kalendar pa ga stade prelistavati i zevati. Zaustavi se na jednom listu, onda izvadi maramu, prostre je na basamak i sede da čita malo. Našao je bio u Poukama kako se popravlja turšija kad se počne kvariti. Pročitao je iz duga vremena i to — iz duga vremena, velim, jer majstor-Ivku nije to trebalo. Njemu, hvala bogu, ne treba recepat, a neće mu, baš vala, nikad ni trebati. „I tija se vikaju čoveci učovnjaci" govoraše Ivko „pisuju u knjige kako da se popraji kad se pokvari! More, men' da me salte ne mrzi da se majem, pa ako sam si ja čovek pros', pa da gi ja ubavo napišem kako se praji turšija, em dobra; a kad mu bidne za popravljanje — he, he! tag beše mu rabota! Toj si ja vikam!"

Još nikako da zazvoni. Ivko uze prelistavati još dalje kalendar. Čitao je još neke beleščice. Između ostalih pročitao je i to: kako se mogu očuvati zelene paprike, pa da budu sveže usred zime, kao da su toga časa u bašti uzabrate, a i to: koliko se u Londonu potroši dnevno kokošijih jaja. A zatim se dao u misli. Misli Ivko u sebi, koliko li tek treba da su bogati tamo u Londonu seljaci i palilulci koji prodaju jaja! Bože moj! Bolje je u nekoj varoši biti i palilulac nego u nekoj i sam kmet ili garnizonar!

Iz tih misli prekide ga zvono koje zabruja i glas mu se milo razlegaše kroz onaj jutrenji đurđevski vazduh preko krovova i avlija i bašta pobožnih hrišćana. Već su počeli uveliko u svim kućama da kite vrata i prozore vrbovim grančicama i

jorgovanom; kikoću se mlade žene i devojke, još onako ču-
pave, i kite kuću jorgovanom i vrbovim grančicama, jer danas
je Đurđevdan.

Kad ču zvono, Ivko ustade i prekrsti se, pa se spremi da
ide. Ostavi kalendar, uzabra grančicu jorgovana i uze kaput,
kapu i štap i dalje sveću, veliku sveću od pet i po dinara, kolač
i žito, pa se krenu crkvi na jutrenje. Sveću i štap ponese sam, a
kolač i žito dade naročito za to određenom toga dana šegrtu.
Šegrta je opremio pa je ovaj bio kao iz kutije; drugo dete, ne bi
ga ni njegova rođena mati poznala kako ga je Ivko duzdisao za
taj dan. Ošišao ga je i ponovio. Na šegrtu neki stari svileni ali
za šegrta još jednako nov prsluk Ivka jorgandžije (još šareniji
nego i onaj što je majstor Ivko sinoć sebi odredio), malo
komotniji istina, ali dete, kao što znate, raste, pa neka se i
razvija slobodno; ispod prsluka nova laka pamuklija od ćita-
jke, a na nogama svetlo oviksane cipele. Dao mu je Ivko svoje
za taj dan. Štaviše, dopustio mu je da ih može nositi sve do
Markovdana zaključno, a svrh svega toga i to, da može u tim
cipelama otići i k *Panteleju* gde je mnogo sveta toga dana, jer
crkva Sv. Panteleja slavi toga dana. I domaćica ga je za taj dan
doterala raznim kozmetičkim sredstvima; namazala mu kosu
mirišljavim zejtinom, očešljala ga i isterala mu malo šiške, pa
je bio, što rekla Keva, lep kao oficirsko dete! I šegrt uzeo na se
neki zvaničan i svečan izgled, jer danas mu je prvi put u životu
da navuče štivletne, mesto što je bos perjao ili najviše nosio
one grube i teške kondure sa potkovicama.

Jutrenje i služba bila je zajedno i svršila se u Staroj crkvi
pre no što je služba i počela u Novoj. A to je dobro bilo,
koliko radi parohijana toliko još više radi samih popova. Kad

su slave, tad je njihova berba; a kad je dobra neka slava, tad može godina i da omane, jer popovsku njivu ne sprži sunce niti mu vinograd bije grad. A Đurđevdan su mnogi slavili. Da i ne brojimo Cigane u svih šest ciganskih mahala, kojima, vala, ne treba ni pop ni hodža, samih pravoslavnih domova bilo je preko dvesta. Lete popovi kroz mahale i sokake, iz kuće u kuću, i seku kolač, i to ide tako brzo kao na železnici kad onaj na biletarnici prima pare, daje bilete i vraća kusur. Pa idu dalje, jedva ih stignu dečaci njihovi koji jure za njima sa punim boščama kolača, a iskrivili šije kao natovarene kamile. Jure i batrgaju se popovi, kao da raznose depeše.

I kod majstor-Ivka je već kolač sečen i sveća zapaljena. Velika krasna sveća od pet i po dinara, a za pedalj duža i prema tome i deblja od sveće Jordana, njegova komšije, s kojim se Ivko nije baš najbolje živeo. U prostranom predsoblju i pobočnoj sobici stoje posluženja, a kraj njih već stoji Marijola — jedno mlado i lepo devojče dugih kurjuka i bademastih očiju sa dugim trepavicama — koja je još pre dve nedelje kaparisana bila za ovaj dan. „Komšike Sike" rekla je Keva „da mi dadeš tvoje Jolče kad ni bidne slava." „Da dadem, da dadem, komšike!" reče Sika, pa se obe komšike i raduju i ponose; Keva što će imati najlepše devojče da joj poslužuje goste, a Sika što će joj kći u tako odličnoj i domaćinskoj kući da poslužuje. Raduju se obe komšinice, a raduje se i Marijola. A nije ni čudo! Ta ovo joj je tek druga godina kako je sinedrija mahalskih žena našla da je Marijola već „pogolemo devojče stanula", ta tek je druga godina i nju uvode u društva — istina samo da poslužuje na slavama, ali za nju je to dosta. Posle prvog posluživanja svoga ona je jednu polovinu godine uživala u uspomenama na prošastu, a one druge polovine godine sladila se nadama na buduću slavu. A taman je u onom dobu, kad je za svaku sitnicu, za svaku i svoju i tuđu, ma kako bezazlenu i malu, pogrešku, obliva rumen; kad su joj svake cipele tesne, pa se noga čisto preliva preko lastiša od cipele, a kad poglêda, poglêda ispod onih dugih trepavica. Još je majka češlja a ona se mȁzi, a majka se ljuti. Grdi je što ima tako dugu i gustu kosu pa je udara češljem u leđa, a Jola se smeje.

***

Već deset časova. Počeše već da dolaze. Prva je došla komšinica Sika, Marijolina majka. Došla je da čestita slavu i da vidi ćerku, upravo da je revidira kako je očešljana, kako joj stoji odelo i kako se ponaša. Malo joj je na brzu ruku namestila kosu, haljine i belu laku i providnu keceljicu, i posavetovala je. „Pa, kerko, krotka da bidneš! Da se sramuješ; u zêm da gledaš kako i prilega na udovičku kerku. A ja sag ću sam si pa tuj!" reče Sika, pogladi je po kosi i ode onako obligatno zabrinuta, onako kako obično za časak ostavljaju skoro sve majke svoje ćerke koje su im već na udaju.

Među prvima naravno da su bili Cigani svirači da čestitaju slavu. Odsviraše nekoliko srpskih i turskih komada. Zatim počeše pesmu „Kakva si krasna, dušice moja" i otpevaše je dopola, otprilike donde: „Nevina snaša spavala bi raj-rado!" a Ivko ih prekide.

— Dosta, dȅ! Nesmo gluvi u kuću! — Pa ih posluži. Pita ih: za što su?

— Za raćiju, gazda! — graknuše sva šestorica kao iz jednoga grla.

— I malo 'leba i stare 'aljine, ako imaš, gospodaru, znaš za Cigančiki moji. Pet umrlo, osam ostalo, pa sve malo i sitno kako lule! Malo 'leba i stare 'aljine za Cigančiki i staro za mene, ako imaš, da ti bog dâ mnogo krajcare i dukate, goli su, gladni su, ako znaš za boga, tri dana... — dobaci jedan, baš gočobija, onaj sa ogromnim labrnjama, a užasna glupost mu se čitala i sa čela i iz očiju.

— Suz, bre! — viknu mu čalgidži-bašija, a posle svi, i poleteše pesnice i maljice na nesrećnoga i nespretnoga molitelja, i izmlatiše ga dobro.

— Nestrećo jedna — kara ga čalgidži-bašija i trese glavom i pokazuje na Ivka — a ne znavaš ovoga gazda-Ivka kako ga mi znavamo — reče lupajući se u grudi — tri dana, nestrećo ciganska masurička pogana muslafirska, zabađava da mu sviraš, dor te ne otera, pa kad te otera, teke tagaj da mu kažeš: fala!!! Dvadeset godine trgujemo mi kako jedni čoveci trgovci sas ovoga našoga gazda-Ivka, pa ne beše pomeđu nas takav reč kako danas od teb'! Odlazi, nestrećo! — Pa ga stadoše opet mlatiti i izguraše ga napolje bez bubnja i maljica. — Ako smo Cigani, ne mora baš da smo Cigani! — savetuje ga čalgidži-bašija na avlijskim vratima.

— Ostramotija nas, mnogo nas ostramotija, gazda-Ivko! — pravdaju se oni unutra.

— Neje od naši! Masuričanin je! Selski Ciganin! Uzedosmo ga pod ćiriju. Za tri dana, osom groša i što si popije! — izvinjava se čalgidži-bašija. — Drugi smo mi, drugi oni Cigani!

— Neje od naši, čorbadži-Ivčo, neje. Mi smo drugi čoveci!

— prihvaćaju i potvrđuju ostali. — Mi smo drugi Cigani; a oni su drugi Cigani! Ima Cigani i Cigani, gazda-Ivko!

— Da ti neje danas slava, pa da uzneš, gazda-Ivko, nož, pa sve da nas pokolješ. Sas rakiju nas služiš! Bolje sas ćezap, da pocrcamo! Da pođine ova pogana čađava nekrstena ciganska sorta! — veli čalgidžija.

Ivko ih umiruje; služi ih rakijom, i daje im bakšiš. Oni mu odsviraju još jednu, blagosiljaju ga i kao polaze.

— Da zaboraviš našu stramotu, gazda-Ivko! — moli ga čalgidži-bašija. — Još će da ga bijemo, ama ciganski da ga bijemo!

— Eh, neje ništo bilo! — umiruje ga Ivko.

— Kako neje, gazda-Ivko? Ti neće' da kažeš, a ja znam. Dobar si, čelebija si, efendija si, gazda-Ivko; pri pašu da si sediš kako većil sas taj tvoj kadijski pamet — ama neće' da kažeš! Paziš na naš ciganski obraz, ama fajda li je?! Boli me, gazda-Ivko, zaklaja me poganac, sas tup nož me zaklaja. U strce me udarija, nestreća ciganska čađava pogana! Mnogo me boli! Ti će' da zaboraviš; dobar si, gazda-Ivko! Ama ja ne možem da mu zaboravim; ni na unučiki da mu ne zaboravim! Koj ga je najmija da nas sramoti, kazujte; Cigančiki da mu pokoljem! — riknu čalgidži-bašija, tresući glavom i gruvajući se u prsi, pa polete na gomilu, a ova ga zadržava, pa se napravi čitav vašar.

— Aman! Pomagaj, gazda-Ivko! — viču oni.

— Puštite me! Aman, Cigani, puštite me, da mu sve pokoljem, i ženu i decu i sinovi i unučiki, pa ako su deset pune čerge! Aman! Što da me osramoti i ocrni obraz, kuče selsko! — dere se onaj.

— Ne daj, gazda-Ivko! Aman, domaćine! Ljut je, pceto je,

pa ne znaje što čini! Aman, gazda-Ivko; 'oće da napraji kurban sas naši Cigančiki!

— Jao-o-o! — dere se čalgidži-bašija, da se čak u treću avliju čuje.

— More što tepaš čoveka na slavu! — ču se glas iz avlije Jordana komšije. — Ako je Ciganin, zar si pa i on nema dušu?! O, bože, bože, što je čovek katil!!!

— Ostavi dě! — viknu Ivko ljutit, čujući to i videći sav komšiluk kako se povešao po zidu pa sehiri.

— Jao! Gazda-Ivko! boli me, boli za ovuj sramotu! — Koj ga je našaja i doveja, zborite, Cigani!

— Kalakurdija — reče jedan i pokaza ga.

— Kalakurdija — potvrdiše ostali.

A Kalakurdija, čim ču ime svoje, smota ćemane pod levu mišku, pa naže da bega; ali ga drugi zaustaviše, da spasu svoje Cigančiće.

Svi pokazaše toga koji ga je najmio i sad i njega istukoše na vratima, i na Kalakurdiju se sruči sada čitav pljusak od pesnica i maljica. Gazda-Ivku krivo što je bilo te svađe, jer sluti zlo.

— Ostavite ga! — veli im Ivko, i oni odlaze, pa zajedno s isteranim bubnjarem — kome vratiše instrumente, i bubanj i maljice i prutić — stadoše pred drugu kuću kao da pre toga ništa nije ni bilo i zasviraše.

Za Ciganima dođoše trbušasti bandisti i odsviraše dva marša i skupiše sav komšiluk dece. Dok su bandisti svirali, komšijska deca su se egzercirala ispred kuće i marširala sa sokaka u avliju i obratno. Počašćeni i obdareni, odoše zahvaljujući i stadoše pred šestu kuću od Ivkove, pa zasviraše, a deca sva odoše za njima. Za bandistima dođoše drugi Cigani.

„Strećna slava, gazda-Ivko!" pa odsviraše. Za ovima treći, a za ovima četvrti Cigani dođoše, sviraše i odoše. Za Ciganima, naposletku, dođe i stade pred kuću i jedan riđi verglaš. Video kako drugi idu i sviraju, pa se digao i on. On pazi gde koji stanu da sviraju, pa tu dođe i on. I dobro je danas prošao; a onomadne moglo je, bogami, svašta biti. Jer ga je onomadne oštro policijsko oko vazda budnoga i neumornoga g. Svetolika, praktikanta načelstva, uhvatilo gde, bajagi, svira u vergl, a jednako gleda na Suvu planinu u nameri da je precrta i izda naše vojničke tajne kakvom našem neprijatelju (da se poslužim vlastitim rečima g. Svetolika, kojima je nakitio svoj raport i dostavu). Bilo je bogme prilično petljanja, bilo povuci-potegni, i umalo što nije bio zrikavi verglaš proteran, ali ga — za čudo divno! — sam g. načelnik kurtalisa, zabašuriv stvar. I, što je u ovoj stvari najčudnije i najneočekivanije, mesto da mu g. načelnik zahvali i, na primer, obraduje ga jednim ukazom — a posle jedanaest godina praktikantske službe bilo bi, vala, i pravo — taj isti g. načelnik izbrusi g. Svetolika i pita ga: „Kad ćeš ti, boga ti, Svetoliče, steći pameti?! E, moj brate! Ništa od tebe!" Od to doba mu se i ne mili ni služiti; ali ostavku neće dati. Dok je verglaš svirao neku polku, u komšijskoj su je kući odigrale neke mlade modiskinje, a cupkala je i Marijola u predsoblju i sobičku onako besposlena. Odsvirao je i neko naše kolo, a zatim opet neku sentimentalnu švapsku melodiju. I njega je gazda Ivko sam sobom poslužio i obdario, a sem toga i objasnio mu šta je to slava.

— Kol'ko god ima kristijani, po sav svet da ideš, pa neće' da gi nađeš da slave: sal' što mi Srbi što smo, što slavimo, a drugi kristijani što su — ti ne slave, pa ako su kristijani kako mi! Toj da znaš: od kristijani salte mi, s ovoj što se krstimo — pa pokaza tri prsta. — A vi se pa ovako krstite! — i pokaza šaku. — Znam si ja toj! Ama svi smo kristijani.

— O jo, jo, kristijan, danke! — zahvaljuje Švaba i meće vergl na leđa i jednako zahvaljuje; milo mu što mu gazda Ivko zna ime, zna da se zove Kristijan.

— I dogodine i dogodine, svaku godinu u ovoj vreme, slava mi je... Izvol'te, brate. Ela jošte jednu anasonliku.

Pije Švaba, zahvaljuje i polazi.

— E de, kristijani smo, razbiramo se; i ja kristijan i ti kristijan. Svi kristijani; a Turčin, Turk, beše mu njegovo! — reče i pokaza rukom, kako su ispraćeni — Turk otide!

— O, Turk ne dobro! — veli Švaba, pa se okrete još jednom a jednako skida šešir i klanja se i odlazi pred drugu kuću od koje se baš sad krenuše Cigani i odatle pred treću, četvrtu, petu; svuda svira i pije i rakiju i vino, dokle se ne opije i legne negde u hladovinu, a tad se deca okupe oko vergla, pa sviraju sama.

Taman ode verglaš, a gosti počeše dolaziti. Naši gosti na slavama dele se obično na dvojake ili još bolje na trojake; ko god slavi i ide na slavu priznaće da je tako. To su oni do podne, oni posle podne, i oni na večeri i tako dalje. Pre podne dolaze obično oni dalji poznanici, posete su zvaničnije; a po podne intimnije; a od večere još intimnije. Tako je počelo i kod majstor-Ivka. Do podne su mu dolazili činovnici i oni koji slave, a prijatelji su dobri — a tako je i Ivko časkom njima otišao. Jedni ulaze, drugi izlaze, sretaju se na avlijskim vratima. „Izvol'te! Izvol'te!" vele i jedni i drugi i nukaju se, dok se obično ne zaglave od silne učtivosti u vratima. Do podne, pa je već dosta bilo. Ivko zadovoljan, kao čovek koji vidi da mu je stvar dobro pošla. Radi tih, manje intimnih, Ivko je postavio svoga šegrta na vratima da uvraća i upućuje goste. Stari poznanici i ne pitaju, nego ulaze jer znaju kuću, a noviji stanu pa zaviruju da vide, gori li sveća. Pa kad vide sveću i uvere se da je slava, a oni se okreću neće li koga videti koji će im kazati: je li u toj kući što slavi domaćin Ivko Mijalković, jorgandžija. Eto radi toga je Ivko postavio šegrta na vratima — i to baš onoga u majstorovom svilenom prsluku sa zelenim cvetovima i u njegovim cipelama — da obaveštava svet, ali mu je zapretio da se za živu glavu ne šali i ne rukuje ili čak i ljubi sa gostima, kao onaj preklanjski šegrt što je radio, jer će ga tako izmlatiti da će nositi modrice čak do drugog Đurđevdana; nego kad ga zapitaju — tako je glasilo uputstvo majstor-Ivkovo — a on neka samo kaže: „Tuj si je. Izvol'te na tam'!" Toliko samo neka kaže i pođe napred pred gostima onako malo porebarke. „Kako magare će' poručaš ćuteci" završio je Ivko naredbu „ako drugojače naprajiš!"

***

Posle podne nastade tek naloga. Gosti jednako ulaze i izlaze. Sobe se svaki čas pune i prazne; intimniji sedaju u hodnik i na doksat. Slike se menjaju, sve novije i novije, sve lepše i lepše, kažem vam kao u kakvom kaleidoskopu. Sad su sobe dupkom pune, malo posle se isprazne. Za trenutak skoro nikog u njima i domaćin taman načini cigaru, a tek čuje žagor na ulazu i on baca cigaru i polazi pred goste. Nekih pet-šest tako načinjenih a nezapaljenih cigara stoje kojegde po sobi. I sobe se opet napune dupkom tako da bar jedan, ako ne i dva i tri, stoje i stojeći prave cigare iz svojih tabakera; a domaćin ih poslužuje svojim duvanom, donosi im žižice i taslice za pepeo; trči iz sobe u sobu, odgovara na pitanja i oslovljava ćutalice. A zatim stane nasred sobe i raspituje domaćicu i Marijolu, jesu li svi posluženi, a ponekad hoće, bogme, i goste da zapita, je li dobio ovaj ili onaj žita, ili vino, ili već što ovome kao gostu sleduje na jednoj takvoj slavi. A to radi i domaćica Keva. I ona digla, onako malo rasejano i zabrinuto, obrve i pazi da ko ne ostane neposlužen.

Kažem vam, slike šarene, a sve jedna za drugom dolaze kao u kaleidoskopu. Sad baš je tu između gostiju i g. Pera, veterinar, s gospođom, i g. Trifun, liferant, sa svojom ženom i decom, sa dvoje malih i jednim većim, jednim glavatim i bucmastim bucovom sa šeširom koji mu je ravno do ušiju nabijen na glavu, a koji je ili zaboravio ili ne može da ga skine — jer su mu zauzeti ne samo džepovi nego i ruke kolačima sa raznih dosad posećenih slava. Tu je g. Jova, sreski pisar, sa ženom u libadetu sa isečenim rukavima i dijamantskim prstenom i granom na šamiji ispod koje se pružaju bestraga dugačke šiške, koje se spominju u jednoj pakosnoj pesmici zajedno sa imenom gospodina načelnika okružnog, a sve povodom one grane koju joj je kupio g. načelnik, jer su pre toga lomili jadac. Gđa pisarka je za sve vreme ćutala i sedela kao kip, samo se jednom (zavaravši domaćici oči) maknula i prevukla prstom preko politiranog stola, ali se na njenu žalost uverila da nema prašine. Došao je i g. Milosav, apotekarski pomoćnik, dalje i g. starateljski sudija s gospođom, do njega dalje još neki, a u ćošku još neko, iako tome niko imena nije znao, niko, pa ni domaćin. Ali to ga nije ništa ženiralo, jer ako njemu domaćin nije znao imena, nije, vala, ni on domaćinu znao, pa su tako bili kvit. A domaćinu taj nepoznati nije mogao da dozna ime zato, jer one, s kojima je ušao, nije poznavao, a nije bio opet rad da se sramoti pred njima pa da ih pita.

Razgovor se vodio onako s prekidima, malo dijaloga pa malo pauze; nekad jedno a nekad drugo duže. A bio je razgovor onaj običan, već stereotipan na slavama. Govorilo se o stanovima, o vremenu, o skupoći na pijaci, o bezobraznim mlađima, o Falbovim proricanjima, o broju slava toga dana i o Svetom Nikoli za koga se svi složiše, da ga ipak najviše sveta slavi. I taman se domaćin upoznao sa svima i ušao malo u razgovor, kad morade da prekine svoju staru priču o tome kako je njegov ded ostavio staru slavu i uzeo ovu današnju (koju su priču mnogi stari prijatelji i posetioci ovoga dana već napamet znali, jer ju je ovaj svake godine toga dana pričao bar jedared) — morade da je prekine, velim, jer ču spolja žagor.

Stižu novi gosti. Svi ućutaše i okrenuše se vratima.

Ulazi g. Kuzman, kaznačej, a dao ga bog pa temeljan i on i njegova gospođa, sušta slika Verthajmove dvokrilne kase; za njim ulazi g. fizikus Milan Ružić (pređe Moric Rozencvajg — tako da nije morao da kvari monograme na salvetama, šnuftiklama i tako dalje sa svojom ženom Natalijom i maloletnim sinom Miloljubom, jednim buljookim lepo obučenim detetom sa tankim nogama i golim kolenima, a za ovima g. Mirko, penzionar, sa ženom Stefkom i ćerkom Bisenijom koja je već pre jedanaest godina posluživala na slavama, i naposletku uđe i ona prva posetiteljka od pre podne, majka gđice Marijole, devojčeta što poslužuje baš u ovaj par stare goste kafama. Ona

je tek samo tako, samo časkom došla. „Ja ću si tuj" reče više za
sebe i sede na jedan ćilimom pokriven sanduk. Došla je samo
da vidi kako joj ćerka poslužuje i da joj namesti haljinu i kosu,
ako što, to jest, bude malo u neredu.

— Ajd', diž'te se! — rekoše stari gosti, kad uđoše novi.

— Što, more, zar će' iskočite! — pita ih domaćin, ne
znajući ni sam da li da ih gostoljubno zadrži ili učtivo isprati,
pa je zato i stao pred njih i raširio onako ruke kao da hvata
pile po avliji.

— Pa testo ne jedoste, gurabije ne uzoste, a veće iskačete!
Jolče, ela donesi gurabije! — reče Keva, agitujući već kao i
svaka domaćica za slatkiše.

— A hvala, hvala! — klanja se g. Pera, veterinar.

— Pa pričekajte berem jedno kafe. Jolo kerko, ajde poskoro
po jedno kafe! — veli im domaćica.

— Blagodarimo, posluženi smo sasvim, onako... A moramo
da se štedimo; moramo još nekima. Deco, napred — koman-
duje Trifun, liferant. — Ko što radi, ženo, ovo naše dete,
vala, samo jede — i pokaza štapom na derana koji je baš tada
svršavao s jednim kolačem i gledao koji će od ona dva koja
držaše u rukama pre da počne jesti — umetlo se baš na tvoju
familiju. Gospoja Kevo, molim vas, nemojte mu više davati
slatkiša. Halav je i ždere pa ne zna šta je dosta, pa će da bude
tutnjave noćas.

— Ama, dete je... pa vikam... miluje što je slatko i blago...

— Ama ostav'te, znam je njegovu naraf. E, pa zbogom,
domaćine, zbogom, domaćice! Prošćavajte! — veli Trifun,
prolazeći kraj stelaža na kome se trese sav porculan.

— Prošće kako i kolje! — smeje se domaćica, ispraćajući

ih. — Će da dođe i vaša slava, pa ću da ve pitam: el' će vi milo bidne, kad se rasturuje drustvo?

— E, to mu je! — reče liferant, pa nabi šešir koji je za tri numere bio manji od glave i iziđe.

— Pa nemojte da nas smetete s uma: Kuzman i Damjan, Neumitni Vračevi! — veli g. Pera, veterinar.

— Što! Ama zar sag, pa i ti, gospodin-dokture?! — zaustavlja ga Ivko. — Eto takoj si je toj! Dor se jedan digne i iska da se otidne, vide i onija pa drugi ta se dizaju pa se kvari drustvo — veli domaćin i jedne zaustavlja, a druge posađuje kao ono majstori na vašaru što ujedared opšte sa svima mušterijama.

— Ne zaustavljajte nas... moramo. Moramo — reče gđa veterinarka — imamo još na jedanaest mesta da svratimo. I oni nama, već, što kažu, i bogzna kako, svake nam godine dolaze i posećuju nas; a, što kažu, više puta i preko godine, a mi, kakvi smo, tek svake druge.

— More, pa i treće... — reče domaćin.

— Pa, što rekoste, i treće. Ja se, verujte, moram priznati da je do mene krivica — veli gđa veterinarka zabadajući špenadlu — ja se verujte i ne bih setila, al' moj Pera na to strašno pazi. On to zna. Ima sve slave u notesu zapisane, pa uvek zna kad ko slavi. On to zna i vodi računa, a već po meni, kakva sam ja, bogzna kad bih im i da li bih im otišla! Dok ja u njihovu kuću jedanput, dotle oni kod mene deset puta. Baš onomad sretnem se s gospojom načelnikovicom, pa lepo vidim, baš ljuta žena na mene... prebacuje mi... kaže mi: „Ne, ne, nemojte ništa da mi govorite, znam da umete slatko da govorite... neću da vas čujem, da vas čujem neću!" Kaže ona, a vidim baš žao ženi. Čisto mi žao, sramota me, misliće još žena da se valjda gordim! A nije, bogami, nego mi taka naraf. A tek mislim u sebi: bože, Cajo, dokle ćeš ti biti takva! Još da nema one naše Ženske podružine, ti se ne bi ni videla i sastala nikad sa svetom! A ja sam tamo delovotkinja i koncepte pravim, a gospoja načelnikovica je predsednica.

— Ajde već, Cajo! — reče muž.

— Izvol'te kafu! Što zar ću pa da vrnem kafu? — ču se tanki glasić gđice Marijole.

— Fala, fala, Jolo! — reče gđa veterinarka, pa uštinu devojče za obraz i poljubi je. — Neću moći spavati, ako još jednu popijem.

— Koj neje pija kafu?! — stade pitati devojče i okretati se po sobi.

— Hajde baš da vas oslobodim tereta! — reče jedan gost i uze pa popi oba fildžana kafe.

— Pa ela-te, izvolevajte jutre berem na pataricu; patarica se vika ženski svetak! — veli domaćica.

— Dakle, nadajte mi se sutra zasigurno! — veli gđa veterinarka.

— Hoćemo li već jednom? — reče nestrpljivo g. Pera.

— Ama molim vas, molim — umeša se g. Mirko, penzionar — pa ostan'te malo. Nemojte da pomislimo da je to zbog nas.

— Ah, taman posla! — izvinjavaju se gosti, spremni za odlazak.

— To je ono — veli g. Mirko — što kazali: „Došli diviji pa isterali pitome."

— I vas će, i vas, ne bojte se — veli starateljski sudija. —

Danas meni, sutra tebi! Znate kako kažu. A jesmo l', boga ti, ženo, bili kod našeg Jelesija, kod poštara?

— Nismo, znam dobro — veli žena. — Sećam se baš dobro da smo samo prošli i zavirili, a ti rekô: „Hajd' da ostavimo za posle, kad udarimo natrag."

— Dobro, kad ti veliš. Ama, znaš, samo da se kako ne obrukamo; ako smo već bili pa mu odemo još jedared.

— Ama berem kafu! — navaljuje domaćin.

— Fala, domaćine. A što me teraš, kad eto ja sam idem — veli starateljski sudija. — Naučio sikter-čorbu, ha, ha, ha! Kažem mu, gospodin-Mirko: a što me tera, kad eto ja sam idem.

Smeju se obojica.

— Pa još jedna kafa baš može?

— Blagodarim — veli starateljski sudija — to bi mi bila devetnaesta od jutros.

— Ne mari vam taj za kućevne kafe — opada ga gđa sudinica — uvek se zbog toga svađam s njim. „Ne umeš ti nikako da mi ispečeš kafu kao u kafani" sekira me on, kao da se kafa peče, a ne kuva!!! Ja kad skuvam sebi u lončić — onda bar znam da pijem kafu! Ja hoću u lončić, a on u džezvu.

— E pa zbogom! — veli g. Pera.

— Zar baš odoste? — graknuše nekolicina od sedećih.

— Dakle: Sveti Alimpije Stolpnik! — klanja se g. Pera i izlazi s gospođom.

— Pavlovdan! — klanja se g. starateljski sudija i izlazi s gospođom.

— Sveta Petka Paraskeva! — veli sreski pisar i pokloni se i ôde i on s gospođom.

— Izvinite, što vam kvarim ovako lepo društvo, ali, verujte, moram — reče jedan dotle i neopažen iz budžaka, i pokloni se i ode.

— Ko je ovaj čovek? — pita kaznačej domaćina.

— Ovaj čovek? — veli domaćin pa ućuta za malo. — A koj će da ga znaje! Trebe da je neki prijatelj, ama ga eto ne znavam sag. A trebe da je dobar čovek; i prilega na toj! — završi Ivko panegirik nepoznatome, iako je ovaj maločas u zabuni seo na tuđ šešir i sedeo na njemu sve vreme dok je na slavi bio.

I svi se složiše da je to bio neki mora biti dobar čovek, iako ga niko nije poznavao.

Pauza.

Da bi prekinuo pauzu, g. penzionar se okrete domaćinu :

— E, mora ti se, majstor-Ivko, priznati da imaš, vala, krasan dan za slavu! — reče g. penzionar. — Lep dan! Nije fajde!

— Jâ! Doista! Osobit! — ču se iz raznih budžaka.

— A, pa Đurđevdan je uvek lep, obično je uvek lep dan! — reče g. kaznačej.

— Jeste, uvek je lep! — rekoše još četvoro u jedan glas.

— Jolo! — šapnu domaćica i dade očima znak Marijoli, da posluži goste vinom.

Služi se. Pauza.

— More, pa i nije uvek. Kakvih sam ti ja sve Đurđevdanova zapamtio, bože moj, pa jedna nesreća, jedan kijamet prosto; da bog sačuva! — veli g. Mirko.

I gosti nekako osetiše odjedared kao da je neko sa snegom po kaputu, šeširu i čizmama ušao u sobu i uneo zimu unutra.

— Pamtim ja lepo kao da je juče bilo, beše to, čekaj, molim te, pre... pre... pre... dvadeset i dve, ili, bogami, biće i pune

dvadeset i tri godine (počeo sam već pomalo da zaboravljam...
ostarelo se), ali znam dobro da sam već bio pomoćnik kaz-
načejstva (ne znam da li se ti, Stefka, sećaš) — reče penzionar
ženi do sebe — pamtim lepo kakva je nesreća napolju bila,
da smo morali opet uneti furunu u sobu i ložiti baš na ovaj
isti današnji dan. Te su godine, sećam se dobro, mnogi ćurići
crkavali.

Svi izjavljuju svoje čuđenje a gđa Natalija fizikusovica
još kao i neko sažaljenje prema rano uginulim ćurićima, pa
namestila usta onako prijatno, i onako sačustvujući klima
glavom i reče: „Nȁ, mogu misliti!”

— Ta nemojte dalje, kad eto, što fala bogu svi pamtimo,
preklane znate kako je bilo na današnji dan. Prosto da čovek
lepo ne iziđe iz svoje rođene kuće. Te ne znam kiša, te vetar,
te kao na formu snega; blato, pa čoveku formalno došla, što
kažu, duša mokra — reče drugi onaj Nepoznati, koji je takođe
poodavno došao pa nikako da se makne iz ove kuće a koji se
tek sad malo otkravio i malo veći monolog izgovorio.

— Pa i to, što rekoste, preklane, eto kako je preklane bilo!
— veli penzionar. — Nije fajde, pobožan čovek naš Ivko, pa
mu i svetac pomaže. Aha, ha, ha! — smeje se i tapše domaćina
po ramenu.

— Toj će mu bidne! — smeje se domaćin.

— A jutros još kao da je izgledalo da neće biti tako lepo. Ja
sam, verujte, živ premřo bio — veli onaj. — Ne znam samo da
li ste i vi primetili? — veli Nepoznati.

— A vi je li ste, prijatelju, dobili kafu? — zapita ga do-
maćin, čudeći se da je još tu.

— A, jesam, jesam, hvala! — zahvaljuje onaj.

— A, ništo, sal si pitujem, zašto znaš može da se i zab'ravi! Pa si otide čovek bez kafu — reče Ivko, pa mu se malo posle okrenu. — Znaš, gospodine, slava je, mnozina su čoveci.

— Jeste! — veli domaćica — i men' mi beše nekoj vreme stra'! Kad bi pred leganje, a Ivko si izišeja beše na dvor u šes' po turcki, pa kad se vrnuja, a on reče: „Kevo, mori, 'oće, reče, da ni se batiše slava, će vrne, reče, ćiša; natuštilo se, lele, reče, otutke odi Prokupačko." A men' mi pa bil žal, pa vikam: Da ne da Gospod, berem za sutra, a posle, vikam, ako će, što mi veće treba lepo vreme!

— Ah to je divno! — prihvati Nepoznati. — I tako vi ste se bojali a niste imali zašto! Ha, ha! E, tako je to. Ne zna čovek nikad unapred; vreme je, pa se začas promeni.

— Jeste, alis takoj — reče Ivko, pa ga pogleda, onako malo kradom ga zagleda od glave do pete.

— A eto moj komšija, kad je lane slavio Mitrovdan, pa do pet ujutru ne može biti lepše. Majski dan formalno, faktički letnji dan, a oko šest kad tek se ujedared smrče, pa zaokupi najpre vetar, a posle jedna kiša, i jedan sneg i prosto jedna nesreća! To beše grozan a ujedno i divan trenutak!

— Jolo! Ela na gospodin jedno kafe! — reče Ivko devojčetu i pokaza na govornika.

— Ah, kakav buran dan! Sećam se lepo kad dunu, pa mi diže šešir s glave, a ja da u'vatim šešir a on mi izvrnu kišobran. Ode sav bestraga. Ah, to je bilo tragično, upravo tragikomično; da, da, sasvim tragikomično. Zar ne, gospođice? — reče obraćajući se Marijoli koja mu okrete ljutito leđa i naprći usnice. — Morao sam nov da kupim, a i onaj je bio nov-novcit, svilen, za dvadeset i šest franaka mi dao jedan moj dobar poznanik, jedan koji me prosto obožava, i to samo kao meni, po koštanju. Kako vam se to dopada?! — završi onaj srčući kafu i gledajući po gostima, a počešće na Marijolu.

— Pravo kažete, ne zna čovek nikad kako će da bude, pa zato baš i kažem maločas mom prijatelju Ivku da je srećan s danom... A kol'ko ono imaš ti soba?

— Pa, slava bogu, kako za nas jedni prostaci ljudi, dosta. Ete ova ovde i ona što gu vidiš i ona treća i jedno sopče, mutvak i kiler.

— A to je tvoja kuća, je li, domaćine?

— Naša, gospodine! Od tatka mi ostade; tatko mi gu jošte imaše, a ja si salte kupi od komšiju jedno parčence od avliju, tam' kude je sag šupa, kako gu vija vikate, za drva i kenef, da prošćavate.

— Blago vama — veli gđa penzionarka — kad eto tako lepo imate svoju kuću, pa se ne morate svaki čas seliti. To će me seljakanje i sa'raniti pre vremena, a mi se svaki čas selimo.

— E, pa sad se ne seliš — veli g. Mirko.

— Pre sam se selila iz mesta u mesto, a sad iz male u malu. Je l' ono samo seoba, ne valja ono! A da si me poslušô kad sam ti govorila, mogli smo imati svoju kuću.

— Jest, a otkud da kupim i gde da kupim, kad sam neprestano menjao mesta. Treba novaca.

— Tek ja znam, da to ništa ne valja — veli gđa penzionarka. — Kad pogledam samo na stvari, a meni se tek stegne oko srca. Sve vam to polupano i iskr'ano i odrano kô da su Čerkezi lupali.

— Dve seobe jedna paljevina! Eto to ti je! — veli Kuzman, kaznačej, koji je, naravno, kao svaki kaznačej, imao ne jednu kuću, jer puž bez ljuske i kaznačej bez kuće, ne da se ni zamisliti.

Opet pauza.

— Pa jeste l' imali, gospoja, gostiju? — zapita gđa kaznačejka, oslobodivši se kraj muža.

— Pa, spolaj na Gospoda, beše gi dosta, sijasvet! I u ovuj i u onuj sobu beše gi puno, kako semke u lubenicu — veli domaćica.

— A šta znate! — veli gđa kaznačejka.

— Živi ljudi pa se obilaze. Još da nema ovih slava, ne bi se, bogami, kažem ja, znalo ni da smo komšije! — veli penzionar.

— Pa izvol'te i kod nas — umeša se g. fizikus Mor... ovaj, Milan, koji je do sad samo ćutao i samo se učtivo i simpatično smešio.

— Istina! A koju slavu slavite? — pita gđa penzionarka.

— Pa uzela je i moja gospođa, jeste, da slavime treći dan Duhova, jeste! — veli g. fizikus. — Dakle mi sme tako slobodni, mi se nadame.

— Pa naravno, doći ćemo — veli gđa penzionarka. A izvol'te i vi kod nas, naša je slava pre vaše, još nekoliko dana. Mi slavimo Svetog Nikolu, ovog letnjeg.

— Istina! A što, gospoja, letnjeg? Bože, letnjeg da slave! — čudi se gđa kaznačejka ravnodušnim glasom.

— Pa znate, ono svejedno je, jedan Nikola je kô i drugi, letnji kô i zimnji. Samo Cigani, što kažu, prave razliku. Oni vole *Đurđevdan* što im donosi leto, a mrze *Đurđica* sa njegovim lapavicama, vetrom i snegom... A nama svejedno! Zimnjeg slave mnogi; već ko ti ga i ne slavi! Pa tako niko nikom skoro i ne može da ide u posjetu. A letnji je već drugo, pa ja i Stefka dogovorili se još pre dvadeset i više godina i javimo preko novina: nek izvole prijatelji na letnjeg na čestitanje.

— Nije drukše! — reče neko u društvu.

— Ta šta mi to kazaste! — čudi se gđa kaznačejka ravnodušno.

Opet jedna pauza, koju prekide domaćin iz učtivosti prema gostima (a naročito prema g. Mirku čijim se poznanstvom ponosio), pa stade hvaliti sv. Nikolu. Hvalio ga je kao najvećeg sveca kojega najviše Srbi slave. Ivko je rado čitao „Žitija svetih", znao ih naizust, i nijedan mu se svetac, veli, nije tako dopao kao isti sv. Nikola. Toliko ga svet slavi, a, veli, i zaslužio je to.

— Još malecno detence doklen beše sv. Nikola — veli Ivko — ne tejaše da sisa u sredu i petak; sisku da ne vidi i gura gu sas ruke ! Ne tejaše, demek, da blaži, eli, što si vija zborite, da si *premrsi* sredu i petak. Jošte onda, more, pa vidoše ubavo tatko i majka mu, Teofan i Nona, što će gi detence napraji veliki čes' i će stane najgolem svetak u sav kristijanlak!

— Doista — priznaju mnogi — najveći svetac, ima najviše slava; pola Srbije i srpstva slavi ga — veli neko iz budžaka.

Gđica Marijola koja je po nekom instinktu znala kad treba da posluži, uđe i sad i stade posluživati vinom i slatkišem. Mlađi uzimaju i vino i slatkiše, a stariji samo vino, a za slatkiše izvinjavaju se slabim zubima.

— Izvol'te puslici — nudi gđica Marijola g. Mirka.

— Fala, dete! He, he, da si me pre četrdeset godina posužila — veli g. Mirko — pa da i uzmem puslicu, al' u šezdeset sedmoj nisu mi, dete, više zubi za to. — Za Marijolom ide domaćin i sa najljubaznijim licem nosi tanjir sa duvanom i cigar-papirom po njemu ozgo, pa i on služi i nudi goste.

— Izvol'te. Koj pije tutun, nek se posluži.

Svi prave cigare.

Opet pauza.

— A ti, gospodin-Mirko, ne čuriš li?

— Kako reče? — pita g. penzionar Ivka.

— Vikam: ti zar ne pušiš, gospodin-Mirko?

— A, fala, fala, ne pušim. Ili, to jest, pušio sam nekad, a sad da ga ne vidim; da ga ne vidim, isti duvan!

— Bože, gospodi! — čudi se domaćin. — Pa sag ič li ne piješ tutun, gospodine?

— Bože sačuvaj! — veli g. Mirko. — Ama nikako!

— A sad biste baš — umeša se kaznačej — kao penzionar mogli i trebali da pušite, da, ovaj...

— Da pravite onako, što kažu, znate, malo dviženija... — prihvati gđa kaznačejka.

— Ta i to — reče kaznačej — al' i onako, zbog dugog vremena.

— Pušio sam ti ja, kô što maločas rekoh, moj gazda-Ivko, te još kako sam pušio! — veli g. Mirko, obraćajući se Ivku koji se zamajao posluživanjem cigara pa i ne sluša, dokle ga ne gurnu domaćica i on ostavi duvan i dođe sa ljubaznim licem da sluša g. Mirka. — Pušio sam, pa kao svaki Turčin. I mučno da je bilo u vreme moje čoveka koji bi takav tirijaćija bio kô ja nekad. Samo u duvanu da ne oskudevam, za to sam se starao. A sad, vala, mogu po meni baš slobodno da ga i ne sade. A pušio sam četrdeset i pet godina ravno, od petnaeste svoje godine pa do pre sedam, a sad mi je šeset i sedam — na Ognjenu Mariju uzeću šeset osmu, a moja baka šeset i prvu, a Biseniji će na Malu Gospojinu...

— Ta šta si opet okupio, mari ko za tvoje godine! — prekida ga gđa Stefka.

— A pravo veliš, naučio sam sve s ciframa, pa i ne pitam je l' kom to po volji. He, he, veliš moje godine. A kam' sreća da su moje nego nisu moje. Moje su samo ove što su mi još ostale, a one, što kažeš da su moje, da su moje, bile bi kod mene, al' su otišle, prošle. Kô što vam rekoh, šeset osma...

— Ta šta govorite!? Šeset osma? A ja vam ne bih dala ni...

— Jok, jok, ne gledajte vi gospoja, na mene! Ako sam ja ovaki i ovako izgledam, ipak sam ja šeset i sedam mesnica doživeo. Ama u moje vreme nije se znalo za bele kafe i krofne, niti se znalo za te miliprote, ni za te supe i sosove! Nego kačamak i proju, pa kupus u užičkom loncu zemljanom, pa kako se koji dan više podgreva a ono sve bolji, jǎkako! Pa, gospoja, brate, proje; „pa proja baje, kupusa nestaje!" Jǎkako, ali ja vam još ne znam šta je to zubobolja, niti mi je i jedan zub moj blamiran!

— Ha, ha! — smeje se kaznačej — ono mi se dopada, kako ono rekoste: „Proja baje, kupusa nestaje!" Ej, gospodin-Mirko! Bog te vidô.

Svi se smeju, a g. kaznačej briše suze od smeha i počinje već da štuca.

— Pa sag, ama baš ič li ne čuriš, gospodin-Mirko?! — čudi se domaćin. — Bože gospodi, svašto na ovaj svet!

— Sad nikako, a pre sedam godina, oka zrela bajinovca, ravna oka — pa ne sastavi ni dve nedelje! Eto živa moja Stefka — nek mi ona ne da lagati — eto ona zna, kako sam i koliko mesečno pušio.

A gđa Stefka i ne gleda, nego gleda preda se, pa mahnu

glavom i rukom kao da je htela reći: Ma'ni! Pomenulo se, a ne povrnulo se!

— „More, ti svake godine popušiš po jedan par haljina!" veli mi ona ljutito. I džube, ženo, reci i čitavo džube, diram je ja. I ja sam vidim, ama ne mogu, nemam kud, naučio sam!

— Pravo kažete! — umeša se onaj Nepoznati. Isti sam vam takav i ja (Ivko se opet okrene, pa ga gleda neko vreme). Ja čim se probudim, to mi je prvo, da se mašim za tabakeru.

Ivko dade Marijoli očima znak da posluži Nepoznatoga kafom.

— Blagodarim — reče ovaj, kad mu doneše kafu — neka se malo ohladi, ja pijem radije hladnu. Još se nisam ni digao iz kreveta, ni umio, a ja već odmah pravim cigaru i pušim još onako neobučen, ležeći u krevetu. I to mi je, nećete mi verovati, baš najslađa cigara. Najslađa cigara. Verujte. Božanstveno nešto; bar za mene!

— Ima... ima! Ima takvija čoveci što su, što se kaže, tirijaćije na tutun! — veli mu domaćin, a na licu mu čitaš lepo, kako se muči da se seti, gde se to on morao i mogao poznati s tim čovekom!

— E isti sam vam takav i ja bio kô što vi ono maločas za sebe rekoste — veli penzionar. — Pa, kô što rekoste, još u krevetu dok sam, čim se probudim i još onako neumiven a ja odmah jȁla za tabakeru ispod jastuka — a tako sam naučio putujući po srezu dok sam još bio sreski pisar — pa u krevetu pušim. Ljuti se Stefka moja, ova do mene, pa veli: „Ta čekaj bar da uzmeš *slatko*." A ja kažem: Džaba ti tvoje slatko, ovo je moje *slatko*; od ovoga ništa slađe na svetu! Pa pušim u krevetu.

A ponekad i noću, usred noći se probudim, napravim cigaru pa pušim, u mraku!

— Ta šta to govorite! Tako pasionirt! — čudi se gđa Natalija.

— Ah, dozvolite mi — reče onaj Nepoznati — da vam primetim učtivo, ali vi nemate, gospođo, ni pojma kako je to kad se čovek navikne! Gospođice Marijola, lepo bih vas molio za jednu žižicu. O, velika hvala! — reče i zapali cigaru i puštaše zadovoljno dimove.

A Ivko skoro zaboravio sve društvo, pa jednako lupa glavu: ko može taj biti što nikako ne odlazi, a već je četiri puta poslužen kafom! (I što je najstrašnije, kaže da može sijaset kafa da popije!) Aja! Nikako da se seti.

— Evo ja mislim — nastavi ovaj — da bih tri dana mogao biti mrtav gladan bez mrve hleba, a ni pola dana, ni pola sahata ili časa bez cigare! — i pogleda blaženo i nekako milo na cigaru i dim koji se dizaše od nje. — Slavno je to!

— Razume se! — reče neko iz društva, kome je to po svoj prilici bila i prva a i poslednja reč u ovom društvu.

— I da mi neko, na primer, tako gladnom, metne preda me i ostavi da biram, na jednu stranu biftek, ili kakvo drugo najlepše jelo, a na drugu stranu cigaru, pa da mi kaže: Biraj sad koje ćeš od ovoga dvoga, jedno ili drugo, ja bih...

— Ti bi uzô i jedno i drugo! — upade mu malo, kao rekao bih pakosno i bagatelišući g. Mirko koji je već počeo bivati nervozan.

— O varate se, jako se varate, stari gospodine! Ja bih, verujte, bez ikakva predomišljanja uzeo onu cigaru, a ne bih ni pogledao na taj ručak. Pristao bih da gladujem još tri dana.

Možete misliti šta hoćete, ali ja sam bar takav. Čini mi se da bih umřo bez duvana. Vazduh i duvan, to je moj elemenat!

— A, ima to takih ljudi — reče neko.

— Čini vam se to. To je samo uobraženje jedno i ništa više, kažem ja. To vam se samo tako čini — reče g. Mirko obraćajući se gostima — a kad čujete i kad saslušate ovo, što ću vam sada ispričati, što je sa mnom istim bilo — onda ćete i vi svi drukčije misliti.

— Moguće, sasvim moguće. Pardon, gospodine! — veli onaj. — Nisam tako razumeo i mislio.

— Da mi je pre sedam...

— Molim, molim. Pričajte samo, ja sam puno ljubopitan! — prekide ga onaj.

— Da mi je, vi'te, ko rekô pre sedam godina — poče g. Mirko višim i jačim glasom — da ću ja moći bez toga duvana i po sahata — ja bih, verujte, držao da je lud čovek koji ne zna šta govori. Jer ja sam pušio dušmanski. Jednu pušim, a drugu već pravim; čim jednu izbacim a ja odmah drugu zadenem u muštiklu (imao sam nekih sedam sve ispušenih muštikala a sve od prave pene i ćilibara). Pa radnim danom, kad sam u poslu, i bože pomozi, ali nedeljom, kad nemam posla, a ja lepo da se ošugam onako zaludan. A i inače slabo pišem, a i ne čitam, nešto zbog očiju, a nešto i zato što, brate, sadanje knjige nisu kâ pređašnje; sve neke ljubezne stvari a nema da se, na primjer, opisuju Napolona Bunaparte ratovi, bojevi i lovovi na elefante i tigrove, pa da se, brate, budi junačestvo u narodu. Ništa od svega toga, pa nedeljom jedna nevolja!

— No, mogu misliti! Naučili ste da ste u poslu. Molim vas, ne prekidajte, samo dalje! — veli onaj.

— Jeste, uvek sam mrzeo badavadžije! — veli penzionar, pogledav Nepoznatoga onako ispod očiju, pa nastavlja pričanje. — A ja, kô što vam rekoh, uzmem ispod kreveta nedeljom onu veliku paklu duvana, rastresem jedne zvanične novine — reče i zasuka rukave — pa rastresem bajinovac po njima, tako za pola oke ili nešto manje, pa sednem pa pravim cigare. Napravim da mi je dosta sve do druge nedelje. Tako sam vam ja radio.

— Užasno! — reče onaj.

— E pa tako vam je trajalo to sve do ovog sadanjeg monopola — nastavi g. Mirko — a kad dođe monopol, te poskupi duvan, a i gori je, a ja već počô...

— Sto monopola neka se uvede, ali ja moram pušiti! Pardon, izvolite samo dalje.

— Uđem ja jednom da kupim duvana. Dam šeset para za paklo. Kad uzô paklo, nemaš ga, brate, šta videti! Kad stegnem, a ono se skupi kô sunđer. Daj drugu, daj treću, četvrtu, sve take iste. Ej, Mirko, šta si dočekao! Ta ovo je skupo kô šafran. Ništa, uzmem ja! Dva-tri dana posle toga uđem opet i kupim. Opet tako, uzô ja da biram, jedva nađem jednu nabivenu, uzmem nju, kad otvorim, sitno, brate, kô burmut, samo trunje i prašina. Pa ovo je đubre, sitno! rekoh ja. „Moguće" kaže mi šegrče. Ta kakvo „moguće", kad je tako! „Pa vi hoćete punu paklu!" kaže mi on. Pa ko će ovo da naknadi? pitam ja. „Pa kad nije pred svedocima otvorena, ne vredi vam ništa, morate drugu kupiti" veli mi onaj matori koji se diže ispod tezge. Ne kupujem ja, vala, više! Bacim im paklo i iziđem onako ljut iz dućana! Ostavim i pare i duvan. Da ti ja sad tu dovodim dva svedoka za jednu paklu — to, vala, nećeš doživeti! rekoh i odoh bez zbogom.

— A, to nije samo vama pasiralo...

— E nećeš više, Mirko, da pušiš! rekoh ja. A moj prijatelj Marko, kaznačej (umřo je, bog da mu dušu prosti, a poznavali smo se i živeli kâ braća nekih trideset i sedam godina; umřo je onomlani kao kaznačej druge klase)...

— Ta nije moguće! — veli onaj.

— Šta nije moguće? — pita g. Mirko.

— Ta da je g. Marko umřo; ta lane sam ga video!

— Koga, brate?

— Pa Marka, kaznačeja! I posle, on nije bio tako star, kao što se bar iz vašeg pričanja vidi.

— Ama šta vi! Zar je jedan Marko, kaznačej! I posle ko zna kog vi kaznačeja mislite! Umřo je, brate, kako da nije umřo; ostavio udovicu, gospoja-Nastasiju, eno još i danas žena nosi crno... i troje dece.

— Ah, imate pravo. Pardon! Onaj je bio pomoćnik kaznačejstva i nema dece, taj što ga ja mislim.

— Ne mislite vi, brate, ništa! — Ama gde sam stao? A, jä! A pokojni Marko čuo to što sam kazao pa kaže: „Ko, zar ti da ostaviš duvan? Ajde batali! Kome ti to! Ko, zar ti?" Ko, zar ja da ne mogu da ostavim duvan?! „E, pa videćemo!" veli on. E baš i videćemo, vala! velim ja. Ja moj groš ne dadoh više, vala, za taj duvan.

— No, ovo je sve to interesantnije! — uzvikuje onaj. — Znam već sve. Opkladili ste se, jelte?

G. Mirko ga samo pogleda pa izvadi plavu džepnu maramu.

— Pa onda? — pita onaj.

— „Pa onda", kada znate bolje nego ja sam, koji sam sve to i doživeo, onda ajde pričajte vi! Izvol'te samo, pričajte! — reče prgavi starac i stade previjati na kolenu svoju veliku plavu maramu. — Ta da!

— Molim...

— Molim i ja vas. Izvol'te samo, pričajte šta je dalje bilo; a ja vas neću prekidati kô vi mene jednako što prekidate — reče i stade prgavo brisati maramom brkove... — jăkako!

— Ta, Mirko... — umiruje ga gđa Stefka.

— A, ta meni je dosta samo malo... (pa se zakašlja)... kad se naljutim, džaba ti onda i razgovora i pripovedanja!

— A, ovi su starci takvi. Badava! ostarina i omladina nikad se ne složi! — veli onaj polako nekom do sebe.

— Pa što beše tag, gospodin-Mirko? — pita ga domaćin.

Nakašlja se g. Mirko, pa nastavi višim i jačim glasom, a sve kradom poglêda kad će ga opet onaj prekinuti!

— „U šta da se kladimo, da ga nećeš ostaviti?" veli mi Marko, taj moj prijatelj, za koga vam maločas rekoh da je umro. Neću da se kladim, nego ti evo kažem, da neću da pušim, a to je vala, mislim, valjda, dosta. „Ama da se opkladimo, veli on, nikako drukče!" Moradoh naposletku. Opkladimo se u jedno nazime.

— Ha, ha! Zar nisam pogodio?!

— I ja poklonim momku odmah tu u kafani i tabakeru od pakfona, a bilo je u njoj, čini mi se, i nešto malo duvana, i muštiklu od pene, a dobio sam je na dar od nekog Ibrahima, teftedara, kad smo uređivali granicu pa se upoznali i posle pozdravljali često po prilikama. I kako sam se tada zarekao, tako ni dan-danji nisam vam ja uzeo tu cigaru u usta, ama nikako! Džaba mu, ko je voli; ali ja nikako, ama nikako.

— Veličanstveno! Divota! I dobili ste opkladu?! — uzviknu onaj.

— Dobio, brate slatki, jäkako! — veli g. Mirko malaksalim i skoro plačevnim glasom. — Kako da ne dobijem, kad sam se na sigurno kladio! Dabome da sam je dobio, kad vam kažem da nisam posle nikad uzeo ni cigaru ni dima jednog pustio!

— Divota ! — opet onaj.

— Divota — nedivota, to mu je sad, al' ja ne pušim više.

— A jelte da vam je s početka bilo teško; jelte, priznajte! — reče opet onaj. — Ne pušite, istina, čovek ste od reči, naravno. Ali tek-tek i sad kad neko puši, jelte da vam je teško? Znam ja!

— Ama kako teško! — oseče se g. Mirko pa se zakašlje. „Znam ja!" Zna on bolje nego ja!

— Nauka! — reče domaćin.

— Ono jest istina, spočetka mi je bilo dosta neobično. Nije šala, četr'es i pet godina, al' opet... posle je išlo sve lakše. Kupim badema, pa jedem, gospoja, da zavaram usta.

— Dakle badem je sredstvo... da... — reče kaznačejka.

— Ili kupim šećerleme i ratloka kod onoga Janaćka Čikiridesa, likerdžije na ćošku što je, pa tako, kao što sam maločas rekô, zavaram usta.

— Naravno, navikli ste se! — reče neko.

— I sad ne pušite — čudi se gđa fizikusovica.

— Nikako, gospoja.

— I furt jedete bonbone i kartacetle? — pita gđa fizikusovica.

— A, ne, to sam samo neko vreme radio, samo prvih

dana. A sad uzmem ev' ove moje brojanice (a donô mi ih je Nastas, leceder, sa hadžiluka iz Jerusalima), pa ih prebrajam. Zabavljam se tako, gospođo, da zavaram prste, pa kao da pravim cigare.

— Gospodi bože! — čudi se domaćin. — Svašto na ovaj svet! Da gledaš, a ti da ne čuriš!

— More, ne samo što ne pušim nego još svakog sovjetujem da ga batali. A nije da se ne može. Kad mi to neko kaže; e, a ja bih onda pucô od muke! Može, brate slatki, čovek sve, samo kad 'oće... samo kad 'oće.

— Ja, bogami, ne mogu; ne mogu, pa eto bolje da priznam! — veli onaj.

— I verujte da se od toga doba sasvim drukčije osećam. Znam, bože, pre: te ne mogu ovo, te ne mogu ono; te jede mi se ovo, te spremi mi, Stefka, ono. A sad, otkako ne pušim, samo trpam u tanjir pa pitam: ima l', Stefka, još; donesi još!

Smej i čuđenje opšte. Svi se čude i diskutuju o ispričanom, samo je gđica Marijola ravnodušna, a bogzna da l' je i čula, ko je to ostavio duvan pa sad ima dobar apetit. Ona je digla malo zabrinuto svoje obrvice pa gleda čas po gostima, čas u domaćicu da primi nalog, a čas na vrata da vidi neće l' se pojaviti novi gosti, jer joj se često činilo da čuje žagor i korake spolja.

— Gde je taj domaćin? Amo, domaćine! Domaćin ima li ga tuj? Nije svaki dan Đurđevdan! — čuše se glasovi spolja.

I opet uđe jedna ili upravo dve zasebne gomile i sve se oči okrenuše novim gostima. Jedna je gomila larmala, po čemu se videlo da su ti iz te gomile bili intimniji, a druga je bila mirnija. Najpre uđoše ovi mirniji, pozdraviše se s domaćinom i posedaše, a za njom uđe ona druga; trojica vesela izgleda, zdravi kao tresak, a zašiljili šubare i nakrivili ih na jednu stranu.

— Dobro te se i sag setiste i nakaniste! — veli im domaćin, izlazeći im radostan i sav blažen u susret.

— E pa ti, fala bogu, znaš nas! Mi se teško nakanjujemo čoveku u kuću — reče jedan.

— Ali kad mu već dođemo, onda nas šale ne otera! — prihvati onaj drugi. — Znaš kako pričaju za medveda: otkinuli mu jedno uvo, dok su ga izvukli na krušku, a posle i uvo i rep, dok su ga svukli s kruške. E, to ti je isto i s nama.

— Tvoja kuća, naša kuća; toj si mi znamo. U polovin dan, u polovin noć, kad si milujemo će' uleznemo: i kad si opet milujemo, tag će' pa izleznemo! — veli treći.

— Poznavamo se, dĕ. Pobratim pobratima da ne znaje, biva li, ȁ? — smeje se domaćin zadovoljno i blaženo, gleda ih nekim očinskim punim milošte pogledom i nudi ih da sednu. — Ela-te malko da posedite.

— E pa, Stefka, biće vreme, bogami, da se mi...

— Ama kud iskate pa sag vi? Lošo li je zar kod nama? — pita ga domaćica.

— Ama baš zato i da idemo, velim ja; jer kad ti je najslađe, vele naši stari, a ti baš onda prekini!

— A zašto da kvarite drustvo?! Zar mi dor dođomo, a vi pa da iskačete?! — pita jedan od skorodošavših.

— He, tako je to u svetu. Stariji mlađima treba da načine mesta, jer na mlađima svet ostaje! — smeje se g. Mirko.

— Zbogom! Klanjam se! — veli g. fizikus.

— Miloljub, tantiku u ruku! — naređuje gđa fizikusovica.

— Dakle treći dan Duhova slobodni sme nadati se! — reče fizikus, klanjajući se i izlazeći.

Odoše. Od starih ostadoše kaznačejevi i penzionarevi.

— A gde su vam gospoje? — upita gđa kaznačejka.

— Sluge nesmo, gospoje nemamo, a ako da pitujete za naše žene i domaćice, ene gi odoše si dom! — veli jedan od one trojice.

— Pa jeste l' bili na koliko slava? — zapita g. Mirko gazda Aksentija Pribaka, špekulanta i liferanta.

— Jok, na dva-tri mesta samo. Samo k onima sam išao s kojima trgujem... znaš red je... — odgovori liferant pa huknu i raskopča dugme na ogrlici od košulje. — Ne marim ja to, al' šta ćeš...

— A koji su ovo? — pita g. Mirko polako domaćina i pokaza na onu trojicu.

— Drustvo, sve prijatelji; pobratimi se vikamo, a mnogo ubavo živujemo. Onaj u ćoše što je to je Mita, vikamo ga Kurjak; onaj pa do njeg što si sedi to je Jovan Smuk; a onaj pa treći što je, ako da zapitaš i najmalecno detence iz malu, će da zna da ti kaže za Kalču, toj si je Kalča. Ako si slušaja kadgod za Kalču, eto toj si je taj Kalča. Mikal Nikolić Kalča. Sve ljudi od red; esnaf-čoveci, što se kaže.

— Čini mi se da ih znam malo; biće iz viđenja.

Oni se poizdigoše malo sa sedišta i pozdraviše ga.

— Ne gi znaješ, gospodine, nisu činovnici kako tebe; esnaf-čoveci, kako ja što sam. A ubavo se živujemo: kako sol i 'leb! — veli zadovoljni domaćin.

— Kako Božić i Badnji dan. Ič ne može, gospodine, jedan bez drugoga, kako da su rodljaci! — veli domaćica.

I doista je tako bilo. Bili su nerazdvojni. I mislim da vam neću biti dosadan, štaviše spašću vas od dosade, jer g. Mirko je opet počeo jednome od novih gostiju iz one druge grupe da priča, kako je ostavio duvan, pa da ga ne biste opet morali slušati, bolje da čujete koju o ovima. A posle i g. kaznačej se upustio u razgovor s gazda-Aksentijem, liferantom, koji mu se primakao (a kao što je već svakom poznato, liferanti ne ispuštaju iz vida nikad naše kaznačeje, nego ih jure kao ajkula lađu). Nešto se razgovaraju vrlo prijateljski i gazda Aksentije je već pozvao g. Kuzmana sutra na jedan dobar ćevap. Dok se dakle oni razgovaraju, i g. Mirko priča i po drugi put kako je ostavio duvan. A jedna gospođa drugoj o nekom zanimljivom romanu koji baš sad čita i stala je baš na onom mestu kako se sin barona od Drudenštajn zaljubio u mlinarevu ćerku a njegovi roditelji neće ni da čuju. „'Zaboravite me, barone od Drudenštajn, kazala mu je devojka, zaboravite me, kao što vas ja nikad zaboraviti neću!' Baš tu sam stala, veli gospođa, pa sam prevrtala iz nestrpljenja da vidim dalje; sve se bojim da ne učini štogod od sebe, da ne iskoči pod točak vodenički!" Dok dakle oni to pričaju — slušajte vi ovo.

Sva je skoro varoš znala za lep život ove četvorice: Ivka, Kurjaka, Smuka i Kalče.

Uvek su bili zajedno i svaki je kazao: da se ne čudi kako ih bog stvori, nego kako ih sastavi! A bili su taman stvoreni jedan za drugog. Majstor Ivko je bio najmirniji i najvredniji među njima, rekô bi čovek u prvi mah da i nije za njihovo drušvo; pa ipak ni on, takav kakav je, nije mogao ni pola dana da izdrži a da se ne vidi bar s jednim, ako ne sa svima. Kad su zajedno, a oni su najsrećniji. Uvek imaju šta da se razgovaraju. Vazda jedan drugog traže. A kad se nađu, a oni se glede zadovoljno kao da se nisu bog te pita otkad videli. Ako jedan kupi haljine, svima se dopadne i štof i kroj, pa svi poručuju takve iste. Kad jedan počne da nosi zimski kaput, svi počnu; ako jedan oseti da mu škodi duvan, svi se tuže i odlučuju da ostavljaju duvan; a ako jedan omrzne neku kafanu, nijedan više ne naziva boga tom kafedžiji. Nakratko, bili su nerazdvojni na veliku žalost svojih žena. Žene im se i nisu bogzna kako pazile, ali oni, to je bilo za priču. A najlepše se to videlo onda, kad je koji od njih bolestan. Čim jedan samo malo pokunja, a oni drugi prosto premru od straha, pa se zabrinu iako ta bolest u samoj stvari nije ništa, ništa ozbiljno. Odmah se užurbaju i raspituju jedan drugog: kad su ga poslednji put videli, kakav je izgledao, je li bilo kakvih simptoma, da je, napriliku, manje jeo ili manje pio, i tako nešto. Pa onda idu i obilaze ga. Posede malo, pa onda idu zabrinuti. Ćute samo, a tek će neko od njih: „More, videste li, ljudi, od pobratima što se napraji! Ič ne valja, ništo se napraji od čoveka! Će' ga izgubimo, pa će' ostanemo kako siročiki bez majku!" „Ne valja, ništa ne valja" veli drugi. „Nema tu ništa nego treba doktora zvati, dok ne budne docne." „More, kakav doktur!" veli opet onaj prvi „s oči da gi ne vidim tija ekimini! I onija će si pa nekomu da pomognu?! Ajde pa i ti kako zboriš to!" „More, na tri sam ekimina poručaja pilav" veli Kalča „a men' mi neje jošte nijedan. Ama ja gi i ne zovem! Zaš' pa da gi vikam?! Ni na Čapu ne treba ekimin, pa boluje li! A zašto da ga zovem?" „Pa šta da radimo? Pomagajte, ljudi" veli treći. „Što da prajimo?" veli Kalča. „Pa mi će' ga, ete, da lečimo! Kakvi ilači, kakvi bakrači. Sutra će' si otidnemo svi na kup, pa će ga cvrsto da istrljamo, pa će si bidne zdrav kako mogare.

A što mu treba ilač!" I što jedan predloži, tome obično nema opozicije, obično se usvaja. Sutradan odlaze sva trojica bolesniku i kažu mu: da nikako ne uzima lekara, a oni jamče i poduhvaćaju se da ga izleče. A ono što bi dao lekaru, bolje da pojedu i popiju u društvu. Badava se „bolesnik" brani da nije bolestan i da mu ni na kraj pameti nije bilo da zove lekara. Ništa to ne pomaže. On će biti i on mora biti trljan. „Treba da se čuvaš" vele mu „zaradi nas da se čuvaš, ešeku nijedan!" I on ne zove lekara, veruje kardašima, a oni zasuču rukave, pa ga stanu prava zdrava trljati. On trpi, veruje već da je bolestan i pokazuje gde ga probada. A oni trljaju još jače. „More, ostav'te mi čoveka, 'oće duša na nos da mu iskoči!" viče žena i brani muža koji se predao sudbini s tvrdim uverenjem, da će mu pomoći. „Ti da ćutiš, rospijo jedna! Lako je tebi, ti ćeš da nađeš drugog muža" viču oni „ali mi ovakvog pobratima nikad!" Pa udri još jače u trljanje, dok pobratim ne izbeči oči kao pečena riba a pruži ispod njih šiju kao kornjača i ne vikne: „Dosta, bre braćo, imate l' dušu! Ostav'te što i za sutra; može i sutra da dođete." „Još malo" vele oni „drž' se samo junački!" Zatim ga ostave, alale se s njim, odrede jednoga ko će posedeti kod njega noćas, a obećaju se da će ga sutra opet obići i opet protrljati. Kad odu, pita ga žena, kako mu je. A on joj odgovori: da ga staro više ne boli, al' se oseća kô da su ga mečke gazile. A sutradan, pre zore još, uhvati put u vinograd ili još dalje. A kad mu dođu kardaši i čuju da se digao, a oni odlaze zadovoljni što su na vreme stigli i spasli pobratima; i raduju se što su tako batli ruke, te je pomoglo trljanje. „Da bog pomože za trljanje; a ća'mo, da toj ne beše, da mu poručimo pilav. Istrljamo ga, ama se i diže!" veli Kalča. „Da vika dokturi —

more, mi će smo mu dokturi za svaki boles'!" Ali bivalo je ipak i takvih slučajeva, da je posle njihovog kardaškog konzilijuma i dijagnoze ipak pozvani pravi lekar rekao: „Još dva sahata docnije da ste me zvali — bilo bi dockan!" Ali to nije imalo nikakva efekta, jer su svi složni bili u tome: da je bolje bilo dati pare mehandžiji i ćebabdžiji nego doktoru i apoteci. U tome su bili tvrdice, iako su svi imućni bili.

Jedan je bio trgovac, a ostala trojica zanatlije. Svi dobroga stanja, samo je Kalča bio malo tanjega stanja, jer je kao strastan lovac malo više zabataljivao svoj alat i zanat. Ali je on ipak bio još najzadovoljniji i najbezbrižniji, valjda zato što ga je držala nada da će se obogatiti kad i ostalo njegovo društvo koje je bilo poznato u čaršiji (iako ne u trgovačkom svetu) kao neka vrsta akcionarskog društva za eksploataciju blaga koje se, nema sumnje, mnogo nalazi zakopano u ovoj našoj blagoslovenoj zemlji koja je negda bila i carevina. To društvo nije, istina, prijavilo i protokolisalo svoju firmu u Trgovačkom sudu niti je uživalo ikakva ni najmanja, a kamoli najviša povlašćenja za svoje preduzeće — ali je ono zato ipak živo, složno i postojano radilo. Radi toga svoga preduzeća bili su svi jako sujeverni — kao svi ljudi koji se tim mislima nose. Voleli su i otimali su se svi sem Kalče, da kumuju Ciganima, da krste novorođene (a možda i već nekoliko puta pre toga krštavane) Cigančiće. Ta sam Mita Kurjak krstio je dosad nekakvih sedamdeset i sedam Cigančića! Ne velim da nije imao i neke prijatnosti otuda, ali beše i dosta neprijatnosti! Čim koga Ciganina uhvate u krađi, a on iz apse poručuje po „kum-Mitu", da dođe da jamči za njega. „Pomagaj, kume; u dušmanske ti ruke dopado'!" poručuje kum iz tamnice, kuće neobične, ili sa kaldrme gde su ga odredili da očisti dvadeset kvadratnih metara kaldrme od zubače trave.

A to preduzeće su krili od svakoga, mada ga je cela varoš znala. Malo-malo, pa ih tek nestane. Nema ni Kurjaka ni Smuka ni Kalče (Ivko nije bio akcionar, batalio je to rano, i nije više išao na taj posao s njima, čim ga je za vreme jednog takvog odsustva kalfa pokrao). Gde su, kud odoše, kud ih nestade kao da su u zemlju propali, to niko nije znao. Ili bolje reći, znao je svaki samo to otprilike zašto su otišli, jer bi se svaki, kad bi se povela o njima reč, tek osmehnuo i rekao: „Nema hleba bez motike!"

A oni su se digli dobro snabdeveni zahirom, jelom i pićem u nekoliko čutura, a poveli bi sa sobom uveseljenja radi i poznatog Mila, ćemanedžiju, da im svira u harmoniku i da im peva njima svima milu pesmu: „Gena majku ljuto kune". Kad odu, nema ih po nekoliko dana, kao da su u zemlju propali, pa niti ko zna na koju su stranu otišli, niti s koje će se strane i kad vratiti. Ali je svak znao da su izvesno morali dobiti tih dana kakve pouzdane izveštaje od kakvog seljaka — opet jednog akcionara toga njihovoga društva — i da su otišli da kopaju kakvo zakopano i već davno zaboravljeno blago, kakve ćupove pune buđavih mahmudija i talira Marije Terezije. A posle svakog takvog izleta i puta vraćali bi se praznih čutura i punih glava, ozbiljni i zlovoljni, o trošku Mila, ćemanedžije, koji je sav bakšiš dobiven od njih potrošio opet s njima i na njih. „Plaćaj bre, valjda su ti od tatka ostale!" viču mu oni ljuti i zlovoljni. Nisu ništa našli, ali je jedan seljak — od tih njihovih — nekome poverljivo pričao: da su naišli i na svodove i sve, ali badava! Uđeš unutra, zgrabiš koliko hoćeš, ali onda ne možeš da se makneš, dok ne pustiš zagrabljene pare iz šake! Treba im još neka travka, i jedna reč, ali koja je to travka i kakva je to reč, to neće još da kaže. Utehe radi priređivali bi odmah sutradan opet kakav izlet, ali kraći, u Banju, u lojze na ćebap ili na jagnje na lozi ili u lov ili u ribolov; ili ako im to nije zgodno, a ono im ne gine obligatni doručak koji je bio uvek ozbiljniji nego svaki ručak kod drugog sveta. Takvih su doručaka imali svakoga dana, i tu bi pojeli po dvesta ćebapčića leskovačkoga stila i popili osam do deset litara vina, pre više no manje. Sve bi to stalo obično šest a i više dinara; a plaćali su naizmence, danas jedan, sutra drugi, i tako dalje redom. Stoga su i prozvani *đuveč-kardaši*.

To su im zajedničke osobine njihove bile, a imali su i specijalnih, svaki svojih. Svaki se nečim od ostalih odlikovao i time bio neophodan i nezamenljiv u tom društvu, tako da ne znaš, šta ih je više spajalo, šta ih je čvršće skopčavalo u tu harmoničnu celinu, ona sličnost ili ova različitost karaktera. Smuk je, na primer, bio slavna ispičutura, junak na piću. I niko ga nije video da se on batrga pijan preko sokaka — kao što to rade pijane Švabe, kad se ovde kod nas namame na dobro vino — jedino ako ga poznaš po kosi koja mu malo padne na čelo, i po jaci na kaputu koja mu je tad uspravljena. A sem toga bio je i stručan, dobar poznavalac vina; kompetentniji je, vala, bio njegov sud nego sud samoga onog državnog hemičara! Dok samo metne čašu pod nos, ne treba ni da srkne, a on rekne: „Čuvaj ga, ne iznosi ga pred svaku šušu!" ako je dobro, ili „Biće dobro sirće, a i to su pare!" I to je posle sve tako kao sveto. — Kurjak je opet bio majstor da spremi jelo. Ne boji se nijednog cincarskog ašćije ili švapske kuvarice. Kad on napravi ćevap, đuveč, alasku čorbu ili janiju, to je, to je — šta tu da vam fraziram — trebalo prosto sesti, i nezvan, pa jesti. Pa što ume da zapapri janiju ili paprikaš, mani se! Za njega to pričaju, ako ste po čem čuli, da je tako zapaprio paprikaš, da ga niko, pa ni on sam, nije mogao jesti; a kad su ga izručili pred Čapu, ovaj se grozno opaprio i lajao kao besan na paprikaš, trčeći poizdalje unaokolo oko njega kao oko ježa kakvog. — Ivko je bio žestok da podvali, da nagaravi čoveka, da ga navede na nešto, pa da ga izloži posle smehu i zadevanju celoga sveta, naravno sve iz šale, a on za to vreme da se uprepodobi u dućanu, da šije i da se čini nevešt! — A onaj četvrti, Kalča, on je bio poznat kao strastan lovac, pa sledovatelno i kao čovek jake i žive mašte koju često nije dovoljno zauzdavao nego joj puštao maha, pa je zato često i dočekao da mu kakav suviše prozaičan slušalac upadne u pričanje i kaže: „Kalčo brate, odvalio si; lažeš, brate, lažeš!" Kalča se, istina, branio, ali kako nikad nije mogao da se pozove na nikoga, sem na svoga vernoga Čapu, a ovaj, kao i svaki pas, ne može da bude svedok — to je ostalo mišljenje po svima mahalama: da je Kalča istina dobar drug i čovek i lovac, ali da Kalča hoće počešće, bogami, i mnogo da laže.

— ...I tako vam ja ni dan danji ne pušim. Pa baš kažem maločas ovima: Može se, može, brate, sve se može. Živom se čoveku ništa nije otelo! — završi g. Mirko.

— Kako ti, Kalča? Ideš li u lov? — zapita ga kaznačej.

— Pa znaš, gospodine, kako će da ti reknem... poneki put. Od vreme si nauči', pa što da prajim! — veli Kalča. — Udarim na lojze, pa otutke se spuštim s pušku, tike zaradi adet, kako lovdžija...

— A je l' bogata okolina — pita g. kaznačej — ima l' divljači?

— Pa ima, ima, gospodine. Može da se nameri od Proku-packo, a i odovutke, odi Suvu planinu, ima gi dosta, sijasvet. Ama znaš kako je, gospodine — veli Kalča — za svako iska vreme da mu je. Ima vreme za zajci, ima za srndaki, ima za šočiki, što gi vija, iz Šumadiju što ste, vikate patke divje, a mi gi pa vikamo šočiki. Za svašto ima si vreme, pa i za idenje u lov. Ima, gospodine, ima, za sve ima. Tike ne može se, zanajat je, a ja sam si esnaf čovek, a dućan da ostavim salte na čiraci, biva li?

— Razume se! — veli kaznačej.

— Zašto kad se ide, biva li da em ispušti pazar u dućan, em da se s prazan jandžik vrne čovek dom; pa em šteta, em rezil'k! Da se rezili salte, pa kako onaj, ako ga znaješ, Mile Sojtarija što praveše, biva li i ja, Kalča, takoj da činim?!

— A šta radi taj Mile Sojtarija? — zapita ga kaznačej.

— Mile Sojtarija?! Pituješ me, gospodine, što radi?! Mile Sojtarija kad se nameri takoj nešto ta bidne batli da ulovi što, a on, hej-hej, odi Stambol kapiju će da ulegne u grad, pa će tag kroz sred-sredinu od čaršiju da si ide dom, salte da gi vidi svet. Obesija dva zajka pa si spacira kroz čaršiju kako paun kroz gradinu i vika na svakoga „Živo-zdravo!" i na tam' i na ovam' po sokak na čoveci. A kad mu neki pa rekne: „Aferim, Mile! More dosta gi ti potepa!" a on veće nema, ne znaje što da praji, a i ne gleda na čoveci veće zbori: „More! Jošte šestinu gi utepa, ama premisli se: što mi trebaju, koj će da gi ruča na dom?! Pa gi razdado' na čivčije, a zadrža' si za men' salte ovija dva što gi vidiš!" — A kad ič ne ulovi, lele majke, tag pa da ga vidiš što čini! — Tag ne ulazi, žena, na Stambol kapiju, veće od ovuj stranu odi Grobljište. Tuj kude je sag Tutunovićov podrum pričeka si dor ne padne t'mnina, pa toprv tag će da ulegne u grad na Žožinu kapiju, a obesija žalno mustaći kako Turci kad se vraćaše od Karadag; pa si jutre ćuti, žena kisela! A kad ga jutre pitaju čoveci: „A bija li si jučerke u lov, Mile?" a on si zbori: „Bà, salte iskoči do Kele-kulu, pa se premisli' te se vrnu, ne beja' ništo zar ćefli za lov." El' će da rekne: „Malko, teferič si pravešem, salte da si ispraznim pušku, zašto ne smem u varoš, znaš će me kazne." Eto toj čini Mile Sojtarija, a ja ti nisam takav čovek! — reče Kalča i pripali cigaru koju je za sve vreme pričanja držao napravljenu i spremao se jednako da je pripali iako mu je već malo nervozni g. penzionar već dvared podneo mašinu i rekao: „Izvol'te, zapali, brate!"

— Razume se — veli kaznačej. — A veliš, može dosta da se nalovi?

— More, tol'ko gi ima, ta sas gole ruke da gi faćaš, gospodine. A kod men' dobro oko, dobra puška, a čovek sam od taj zanajat, ta kad se dignem sas onoga mojega Čapu...

— S kim reče?

— Mojega Čapu ne znaješ?! Zagar moj, gospodine. Ta što je pcetište, do Stambol ga veće nema, tol'ko je za lov! — reče ponosito Kalča. — A i majka mu beše pcetište, ama pod plan!

— A gde ga nabavi, boga ti, kad je takav? — zapita ga kaznačej.

— Dade mi ga Ibiš Arnavut, s koga se ubavo živuvasmo u turcko vreme. Dobar čovek i ubav čovek beše, ama salte što voleše, gospodine, mnogo da laže; ama turcki da laže! Kad kazuje kol'ko je ulovija — pa ono treba da nema ič zajac odavde od Niš pa dori do Stambol, tol'ko gi je on sam potepaja! Ta kada si odoše Turci, pa Srbija zastupi, a on mi reče: „Kalčo more, kuzum Kalčo. Naše turcko, reče, beše ovden veće! K'smet! Bog rekaja da se takoj napraji i bidne, a car i kralj narediše se. Teb' te, Kalčo, reče, tegli tvoja vera, a men' pa moja; ti si po sag kraljski, a ja carski! I ja ću, reče, da idem pa da bidnem sultanski čovek kakoj sam, reče, od vreme bija; ama naš dostluk i našo drustvo ne možem da zab'ravim, reče! Eve ti od men' ovaj ogar, pare vredi, Kalčo! A ti si čovek lovdžija; znavam te, reče, ubavo kako i seb', dek' si tirijaćija na lov. Uzmi si ovoga mojega Čapu, na peškeš. Ama da ti je amanet od men'; da ga paziš, reče, kako brata ti. Pa kada, reče, vidiš Čapu, vika Ibiš, a ti da me se setiš. Tol'ko." I ja si uzedo' Čapu; i bog da pomože od taga!

— Ama, kako, kako, kako 'no reče! Ama zar baš tako valjano pseto! — čudi se g. kaznačej.

— Kako misliš! More sag pri ovaj ćef da ti kažem jednu bagatelu, a ubavo si znam da neće' da mi ver'vate, a od reč do reč je istina, ovoga mi pričesta! — reče i diže čašu s vinom. — A sve si toj beše zaradi onoga mojega Čapu.

— Molim vas, jako ćete nas sve ovde obvezati, ako... — reče onaj Nepoznati.

— Sedim si ja jedanput po ručak u moj dućan, pa si radim kako esnaf-čovek sas moji momci, a tam napolje vrne ćiša, bože gospodi, vrne pa iska da potopi sve — dor teći si uleze jedan čovek oficer, a lice mu se ne videše, salte crni mustaći, zašto beše namaknuja onuja šinjelsku kukuljaču na glavu, pa salte oči i malko mustaći što se vide.

— Divota! Počinje zaplet! — reče onaj.

— Uiđe si u dućan, pa se obrnu na kude men' pa si zapita: „Je l' je ovoj dućan na Kalču, dugmedžiju?" „Toj je!" reče mi čirače. „A Kalča, dugmedžija, ima li ga tuj?" pituje si pa onaj čovek. Ja si se digo' ta se prekloni' i reknu': Ako iskate Kalču, ja sam Kalča, kujundžija; a dugmedžija Kalča nema ga; takav Kalča nema ga u ovuj mâlu! „E pa lepo, vika on, Kalču, kujundžiju, iskam da nađem." Što vi treba Kalča? zapita' ga pa ja. „Pratiše me, reče, iz dvor do teb-ke. Iska kralj jutre rano u samnuvanje da iskoči u lov, pa mu niki reče za tvojega Čapu, da je antika-pceto; pa sam sag došeja, reče, da mi daš Čapu na poslug, pa i opet će' ti ga pâ vrnemo, reče on. Pozdravija ti se kralj, reče, da mu davaš tvojega Čapu, a ja sam kraljevski, reče, maršal." Poćuta' si ja malo vreme. Što da prajim, majke, sag, mislim se u pamet! Tol'ka čes', ama biva li Čapa bez men'... ta si reko': Fala, gospodine, i men' mi je mnogo milo za ovaj čes'. Za kraljsko zdravje ću poginem; ama Čapu samog da puštam bez men' — ne biva! Ne biva, gospodine! Sas men' se je naučija, pa će me osramoti, i men' i seb'; pa kako ću posle da iskočim pomeđu svet od rezil'k!? A ako je, vikam, i ja da si idem sas mojega Čapu — tagaj, vikam, biva! Takoj, molim te, da se pozdraviš od men'. Zašto bez men' neće Čapa da ruča, a ni pa da pije! Jošte se malo razgovaramo i otide si čovek; da zapita, reče, pa će se vrne. A si on otide, a Sotir, kubedžija — do moj dućan što je — brgo pa k men' u dućan pa vika: „A znaješ li, reče, more, Kalčo, koj ti beše sag u dućan?!" Oficer, vikam, koj će da bidne! „Bä, reče on, toj beše kralj, ubavo ga, reče, poznado'!"

— Kralj! — viknu Nepoznati. — Klasično! Divan materijal za pozorišni komad!

— Leleee! — vikam — ej Kalčo, glavu da strošiš, što će' sag da prajiš!? Kralj!

— E, domaćine, mi se bogami baš dobro odmorismo i zasedosmo kod tebe! — reče g. penzionar koji se za vreme poslednjeg Kalčinog pričanja plašljivo vrpoljio na stolici. — Ajd' Stefka, ajd' Bisenija, da se to ide već!

— Ta ostan'te još malo, pa ćemo zajedno — zaustavlja ga g. kaznačej.

— Aja! Zbogom, domaćine, a i vi svi drugi! — Pokloniše se i odoše.

— ...A kad se vrnusmo iz lov — nastavlja Kalča — a kralj me viknu u pajton pri njeg'. On si sednu desno, a ja levo od njeg'. A pceta ni idu ispred pajton, a ja gi gledam, pa mi milo; kraljsko pceto ide si *levo*, a mojega Čapu puštija *desno* od njeg'! (I pceto, more — vide li kako je vospitano — pa priznava, pa mu, demek, drži čes', ete na istoga toga mojega Čapu, što vi sag za njeg' kazujem!!!).

— Eto, dođe tako neko, pa... — reče g. Mirko ljutito, kad su već bili na ulici... — ama nije, brate, svaka stvar za razgovor! Nije, brate slatki, nije! — Ne volim ja to! Četres godina besprekidne, besprekorne i besporočne službe; nikad kažnjen, nikad opomene, pa sad da slušam još... Moje je pravilo uvek bilo to — bio dejstvitelan, bio u penziji — da uvek tako što izbegavam! Ne volim posle da svedočim!

— Pa to je slavan pas! Unikum! — reče onaj.

— Antika-pas, što ti kažem! — reče Kalča. — A i od soj beše; majka mu beše kučka na onoga, ako pantiš, Beloga Memeta. Ibiš ga mnogo voleše, pobolje od pištolj. „Tufek ću, reče, nađem lasno. Ću otidnem, ete, do tufekdžiju, pa ću mu, vika Ibiš, reknem: Da mi načiniš za kef tufek, a za pare te ič ne pitam; ama Čapa, ete jedan ako iskoči u naš vek." Od sortu je; soj je, što se vika! — reče Kalča ponosito i pusti nekoliko gustih dimova.

— Unikum! Unikum! — veli Nepoznati.

— Kako vikaš! — okrete mu se Kalča.

— Kažem, da vam je valjda od pomoći... desna ruka... pomaže vam u lovu... — veli onaj.

— More, uživaj! — veli mu Kalča u najlepšem poletu pričanja. — Polani u zimnjo vreme beše, kad si ido' jedanput u lov sas toga mojega Čapu — za koga ti sag kazujem — tuj što beja' batli, mani se! Tuj vido' ubavo, što reče Ibiš, da Čapa pare vredi. Bez njeg' — bez Čapu — ćaše ništo da ne bidne: ama sas njeg', pa berićat-versum! Bog da pomože!

— Ta nije moguće!? — čudi se Nepoznati.

— Bogami ti kazujem! A tol'ko gi utepa zajci, da gi ne moga' sve sam da ponesem, već si uzedo' pod ćiriju jedno magare iz lojze što je, pa ga natovari' sas potepani zajci. A beše gi tol'ka mlozina, da se salte po onija njegovi golemi uši poznavaše dek' je magare a nije konj: tol'ko gi sijasvet zajci potepa tagaj! Lele! Što se namuči' tag. Peče zvezda odozgorke, kako u letô; znoj lipti, bož'ke, lipti ta da pocrcamo i magare i ja! A men' mi stade žal nešto za onoja magare što će da lipsuje oda onaj golem tovar i vrućinu; a letnjo vreme, znaješ kako je! A premisli' se pa u pamet i toj: Što će mi, vikam, tol'ko! Koj će da ga poruča tol'ko mesište! Te se priseti' ubavo, pa poskida' i kurtalisava' magare. Pa si zaredi' kako epitrop s diskos! Pa u ovuj kuću zajca, u onuj srndaka, u onuj pa šotku, sve po prijatelji i po sirotinjske kuće! A men' mi ostade sal' tri srndaka za tri pobratima i zajac i jarebica kamenjarka za men'. Te si napraji jedan tarator za ćef od zelene krastavice, ta se ubavo naruča'! Ete takav ti je moj Čapa! — Ivko, more, ima li ga tuj Mitanče, čirače, da si poskokne do kuću mi, pa da dovede mojega Čapu — iskaju gospoda da se poznadu sa s njeg'.

— Batali ! — veli Ivko.

— Videćemo ga i posle — brane se gosti.

— E, ženo, hoćemo li! Domaćine, zbogom! — reče kaznačej kome se, kao čoveku koji jednako s ciframa ima posla, nije ni najmanje dopadala ova Kalčina zimnje-letnja lovačka priča.

— Zar već!?

— Moramo! Pa kadašnji smo!

Odlaze. Ispraćaju ih.

— E, ne mogu da slušam kad neko laže — reče g. kaznačej ženi, kad se nađoše na ulici — e, pa ne mogu! Jesi l' ga čula, boga ti!? Pa bar da udesi, da se može verovati. Nego tako kâ da je sav svet lud, pa ne zna ništa! Otišao u zimu, a vratio se u leto; lovio zečeve, a posle deli srne i jarebice! E, jesi l' ga čula samo, kako odvaljuje!? E što to poneki ljudi vole da slažu, to je za čudo! Pa bar da paze, da udese, nego... presede mi i slava!

Posle ovoga bilo je još gostiju, dokle se nije unela lampa. Tada se digoše i poslednji. I gosti prestadoše dolaziti.

Ostade domaćin, domaćica, gđica Marijola, Kalča, Smuk i Kurjak. A ostade i onaj Nepoznati koji se nešto živo beše zagovorio s Kurjakom pa, rekao bih, nije ni primetio da su se sobe ispraznile.

— Pa ja ve i ne pita', 'e li ste za rakiju? — pita domaćin.

— I za rakiju smo i za vino — odgovori Kalča — ama ono nije za nas.

— Je l' ćete šljivku ele našu anasonliku? Kevo, mori, ela donesi rakije malko.

— Kako malo, crni Ivko — veli mu Smuk — kad nas znaš, fala bogu, da smo mušterije.

Obrediše se nekoliko puta, razgovarajući se živo. Davno je već vince udarilo u lice, a sada i rakija stade besediti. Nestade zvaničnog izgleda i zvanične poziture domaćinove i nastade živ, intimniji razgovor.

Domaćica donese jela i svi posedaše za sofru. Došla i Marijolina majka po devojku.

Večeraju.

— Siko, mori — okrete se Kalča devojačkoj majci — je li jošte možeš onako ubavo da poješ kako u naše vreme što poješe onuj pesmu: „Slavuj pile, ne poj rano”.

— Ta što pa da ne umem? — veli Sika.

— Pa ela da mi malko zapoješ! — veli Kalča.

— Ajde pa ti, nije te ni sram! — veli Sika. — Žena udovica, pri golemu kerku, biva li da poje! Nije adet!

— Mori, kakav adet! „Adet”, vika! Srbija slobodija, a stari adet beše!

— Beše si *naše*, Kalčo, a adet si pa onaj ostade! — veli mu Sika.

— Ajd' si poj — veli joj Kalča — onuj starovremsku: „U bašču sam ruža, dokle nemam muža!” Je l' si gu čuja nekad kad poje, a, Kurjak?

— More krši si vrat, kelešu nijedan, što me pa zadevaš vazdan-dan! — grdi ga Sika. — Nesrećo! Nije te ni sram od ovoj dete! Kako da pojem pri mužije — tuđi čoveci — ja, žena udovica!? Pamet si beri, more!

— Ama prošlo si je, onoj starovremsko, ne l' ti vikam. Gledaj gu samo! Kako selska Dena, sramuje se!

— Ti da si ćutiš! — oseče se Sika.

— Siko mori! — reče Kalča, pa nakrivi kapu i gleda Siku čežnjivim pogledom. — Haaa, Sike, dušmanke moja, znaješ li ono naše staro?! Jošte se ja ne izmeni', Sike! Jošte sam si ja pa onaj stari merak! Za ništo me, ete, Sike, na ovaj svet neje tol'ko žal kako što me je ete, žal za teb'! Sike, tamničarke! E-e-e! Tol'ko gledanje, bre! Tol'ko se gledamo, pa se ne uzedomo! (Koj te je gledaja, nesrećo lovdžijska! veli mu Sika). Ama sam ti, ete, bolan, Sike; kako ranen srndak u Pasjaču sam bolan! Pogodi me, ete, jošte onda sas tvoje oči, kako sas srma-zrno, pa i sag sam jošte ni za živenje, ni pa za mrenje. — Reče pa stade tresti glavom i lupati se u grudi silno kao gorila. — Ela de zapoj mi onuj starovremsku: „U bašču sam ruža, dokle nemam muža!"

— Ajd' će' si dom idemo, Marijolo! — reče Sika ljutito i diže se s ćerkom, a domaćica ih isprati do vrata a domaćin do same kuće.

— Takva si, alis takva, beše i kako devojka. A da gu beše drugi tabijat, ća da mi ona bude žena, zašto si ja beja' pomomak od onoga Tana, bućmedžiju, njojnoga čoveka. Ćaše ona žena da mi bude, tol'ko gu beja' begendisaja kada bi momak i merak na nju, pa ako što me majka gu mrzеše! A što me pa mrzеше majka gu, mani se! Teke po neki put kad bude u onoj vreme, a ja se vrnem iz lov, a onija se pa vrću iz Banju, ta se nađemo na put. A ova Sika si sedi, pa u šamiju do oči, pa gu potfatija jedan rumen od banjanje, ta stanula rumena kako tetovska jabuka, pa tri dana da gu gledaš! A ja si, dor gi vidim, nakrivim si fesče, pa si zapojem sas ovoj moje pusto grlo:

Iz Banju ide, izbanjalo se,
Izbanjalo se, nađizdilo se,
Nađizdilo se, naćitilo se!

pa si frljim jedan tufek za kef. A majka na ovuja istu Siku — dor me vidi, ta stane u obraz kako krpa (koľko me mrzeše!) pa vika iz kola: „Jà ga što je džimpir! Neje te ni sram, vika mi men', trgovački sin!" — A ja se pa činim kako da ič ne razbiram, pa gu ja pa zborim: A vi pa zašto, vikam, slušate, što si ne idete mirno po put, kako putnici čoveci. Zašto slušate? Što je to pa teb' ti krivo, Karo? (Kara gu se zoveše majka). Zar, demek, salte vaše Siče što iskača iz Banju, ta da na njuma taja pesma prilega i razbira se?! A po carski put ja si mogu za moj kef da pojem što si milujem! vikam ja. „Nesrećo, vika gu majka, lovdžijska!" Pa potera kola pobrgo. A ja pa si zapjejem, pa si puštim glas ama skeledžijski:

Ne goni konja, mori momiče,
Ne goni konja, lipcal pod tebe!
Kako i ja, maloj Sike, ete, za tebe!

(Ovi poslednji rečovi nema gi u pesmu; ja sam gi sam iz moj pamet duzdisaja). Pa si frljim jošte jedan tufek za kef. „Devojče da mi nesi t'knuja, kara me njojna majka, zašto će na golemo da iskoči, nesrećo lovdžijska!" Ho, majke, što je pa tebe ti to krivo?! zborim si pa ja. Koj gu zadeva?! Pojem si, ete, za moj kef! Što, zar teb' li će da pojem, Karo? Ja si idem po moj put, u carsko zdravlje; a ti pa idi si po tvoj put, ama čoveški salte, karanje nema. Zar ste, vikam, oname ta da ne smeje čovek kristijanin da si pogledne u vas! Koja ste vera, bre! — E dušu gu izedo', ete, na majku gu! Zašto si ja veće ubavo vido' što neće ništo da bidne od onaj pazar i onuja rabotu, pa, vikam, berem da se ubavo naplatim sas majku gu. A Sika si sal sedi i ćuti, krotka kako đurđovsko jagnjence.

Tako im priča Kalča, kad ode Sika s Marijolom, a kardaši ga slušaju; Kurjak suče brkove i gleda se niz nos.

— I jošte ostade ubava! — produžuje Kalča. — Kad gu gledaš sas kerku da ne znavaš, pa da ne rekneš da gu je majka, veće da rekneš da gu je stareja sestra. Ama kad beše devojče — kako sag njojna Marijola, u tej godine — lele, tugoo! Mani se! — reče Kalča, pa zažmiri od sevdaha i puče prstima. — Mani se! I bogami vi kazujem, jošte polepa beše tag i od ovuja kerku. Vi gu ne znavate, a ja si i pobratim Ivko, mi gu ubavo znavamo i poznavamo jošte od vreme, hej-hej! Jošte od sadrazamsko vreme što se kaže. On da sedne, ta da vi priča, kakvo beše devojčence! A i sag si je lepa. Ta što imaše tag grlo! Ono veće ništo polepo i poslatko ne tejaše da bidne na ovaj svet, veće kad će ona da zapoje. Ta kada zapoje u lojze sas ono njojno pusto grlo:

Rakito, mori, Rakito,
Rakito, tenka selvijo,
Turi mi vino da pijem,
Da pijem da se jopijem,
Na skuti da ti prespijem,

Na grlo da ti letuvam,
F pazuva da ti zimuvam.

Kad zapoje, od Goricu hej-hej, tam' dor do Vinik se čuješe! Toj beše grlo, a ne kako sag u ovija frajlici! Ama kakvo pojenje!!! Pa ne poješe kako sag, sas pućet i iz notu, veće iz pamet, kako petal što poje! Kako sag, ete, teb' tuj što gledam, tako gu pamtim jošte od onoj vreme u onuja njojnu beaz-anteriju što gu imaše tag. A kad se vrne iz lojze, ta si promine prokaj nas, a mi gu na zadevamo: „Što reče, Sike, u pesmu: „Na skuti da ti prespijem, na grlo da ti letuvam". Lele, pa malko li je?" vika neki od nas; i, à gu jedan pušti a drugi gu na prifati. „Ama, zbori gu sag pa drugi, ama za men' i teb' li ono zboreše u pesmu, Sike?" — A ona se sankim ljuti, bajađim krivo gu, pa si obrne šiju na drugu stranu a nas na'ranjuje lošo.

— Pa što dirate devojku, kad mirno prolazi — veli Kurjak.

— Bre, bre. Da neće da se i ti posvetiš!

— Trebalo je još gore — veli Kurjak.

— Ama sag, ete vide li, neće da poje; namćor bĕ i napred, u onoj vreme, pa namćor i ostade. A ja si salte gledam gu kerku — veli Kalča, pa nakrivi kapu — ono Jolče malecno, pa mi dolazi i sag u moj pamet milo za majku gu. Ama alis, ete, takva beše i Sika u ovej godine. A poješe kako slavej-pile; ama sag neće, namćor je. Vide li kako si otide, što je namćor!

— E nije nego da ti peva tu! — oseče se Kurjak na nj.

— Bre, bre, pogle ga, što si zbori pa ovaj; a zašto pa da ne poje?! — pita Kalča iznenađen.

— A zašto da peva?

— Da poje, ete, za kef; nam' za kef, a teb' ti pa za inat.

Zaradi drustvo da poje, neje zaradi neko rđavstvo. Što je danas, da li je slava na našoga Ivka, ili je panaija na domaćina, ta da smo žalni, pa da ne smeje da poje?! Da poje, i ona, pa jošte i kerka gu!

— Jest, 'oće da ti pevaju! Valjda su ti one Lazarice sa sela, pa da stanu pred kuću i da pevaju: „Ovde nama kažu mlado neženjeno, mlado neženjeno, Kalču, čelebiju!" Budalo matora! — reče Kurjak ljutito i pomalo pakosno. — Tebi da pevaju!

— Pa i prilega pobolje sa men'; čelebija sam, ete, a ne kako teb'! Što bre, zar nesam čelebija! — reče Kalča, pa nakrivi kapu i stade sukati svoje tanke a duge brkove. — Čelebija sam i sag, a jošte od vreme taj sam si! U turcko vreme gazešem u zimsko doba Moravu studenu do pupak, da donesiva' iz Srbiju srpski bukvari i knjige za čkolju sas Taska onoga Blagojinog i bata-Kolu Rašinog i Božidarca onoga. E što će prajiš, kud si pa ti bija tag, nesrećo kurjačka nikakva? Bija si komordžijska ljuta vojska! Pa, ete, i lovdžija sam, i binjedžija sam, i šaldžija sam, i tirijaćija sam, i meraklija sam pobolji od teb', nesrećo kurjačka, što sal' gledaš za tu tvoju prokletu mešinu! Što da mi ne poje? Bata je ovo, more! — reče, pa se stade lupati ponosito u grudi.

— A i jesi mustra! — veli mu Kurjak.

— Od teb' sam pobolji. Što bre, a i ti si mi zar pa neki čovek! Tol'ke godine, bre brate, ostade udovac, pa ne moga da se pa oženiš! Neje te ni sram! Sediš si sam u kuću kako kaluđer u hilendarski metoh! Nesrećo kurjačka, ne možeš da se oženiš, neće te nijedna! Koja će pa za budalu da si pođe! Jedna beše pa se prevari ta se udade za teb', pa i ona si otide! A drugu veće neće da nameriš, toj ti ja kazujem. A moja Zona, moja domaćica, znaješ što mi zbori: „Ja će te', Mičo, vika, čuvam do smrt; ja će posle teb' da umrem." Čovek sam, bre, ete, vidiš li, pa neće žena da bega od men', a ne kako teb'! — dovrši Kalča, pa ga lupi kapom.

— Ne znam 'ću l' se oženiti, al' baš mi je, vala, ćef što ne htede da ti peva. I jesi mustra za pevanje.

— Ama što je na teb' ti to krivo? O, majke!

— E, pa krivo mi je, pa šta?!

— I-ha-a-a! Za toj pa da mi je! — reče Kalča i mahnu rukom.

— E baš mi ćef što je otišla, a nije htela da ti otpeva. E to mi se dopada!

— Ne tejaše da poje što si ti tuj bija. Žena si, zar, zbori: pred koga će da pojem?! Pa si otide!

Utom se vratio i Ivko, i sad razrešiše domaćicu od dužnosti i pustiše je da ide da spava, a Ivko hteo ne hteo morade da ostane s njima.

— Laka vi noć! Ajde vi će barem prvi da ste na pataricu jutre! — reče domaćica, smejući se i ostavlja ih.

— Takoj si praje onija što su pravi asli kardaši i prijatelji. U domaćinsko zdravlje!

Kucaju se i piju.

Pauza. Čuju se petli i škripa volujskih kola u daljini.

— Podizaše se ćiridžije, jošte malo pa će samne skore — veli Kalča, zevajući i osećajući malu jezu. — Bulbul poje.

— „To slavuj peva, ševa ne peva!" — veli Nepoznati.

Kad pijemo, kad pijemo, zašto ne pjevamo,
Nije ovo, nije ovo, vino ukradeno.

razglavi Smuk strahovito vilice i razdera se iznenada da ih sve čisto preseče!

Kucaju se i piju opet.

— Eh — uzdahnu Kalča — *Sika* da ni je sag tuj, sas njojno pojenje, pa da ni *ona* zapoje:

Rakito, tenka selvijo,
Što ašik stanu za tebe! —
Junače, luda gidijo,
Čunke si ašik za mene,
Kamo ti puška bojlija? —
Prodado' pušku za tebe,
Dor da se s'tanem sas tebe!

Za toj mi ete sag kef, a sas ovo Smukovo skeledžijsko pojenje nemam si ič kef ni na lezet da pijnem čašku vince.

— Što, more — brani Kurjak Smuka — pa dobro peva i naš Smuk. Ima slavan glas...

— Ima kako onaj poljak eli pudar u lojze, kad vikne da pudi čvorci iz lojze... Toj si je zar pojenje!

— Ah šta ti znaš — veli uvređeni Smuk. — Kalča, kujundžija... upravo, nije ni kujundžija, nego jedan dugmedžija... i *on* se mnogo razume u pevanju!... Gledaj ti tvoj dućan i pazar, a ostavi se ti i lova i pesme... nego pare, pare gruvaj, kad imaš zlatan zanat...

— Pogle ga sag, što si pa ovaj zbori! Poče si i *on* da me uči i sovjetuje kao što me, ako pantite, učeše i sovjetuvaše čorbadži-Mita Kaltagdžija. „More, Kalčo, postar sam odi tebe, dete si, adžamija si, Kalčo, men' me poslušaj; zbiraj si pare, doklen možeš, zbori si Kaltagdžija, bez pare ič nema živenje. Će stigne, reče, vreme, pa će se setiš za ovija moji rečovi, pa će' rekneš: ama ubavo mi zboreše čorbadži-Mitko, ama kom zboreše! A batali, reče, i lovenje i sedenje, i pojenje i pijenje!"

— Pa dobro je i govorio čovek — tvrde Kurjak i Smuk.

— More — mahnu Kalča rukom — ja *tuturi* ne trebašem jošte ni u adžamijsko moje vreme, a *sag* li će' mi *vi* tuturi, ete, da stanete!... Pare!... Što mi trebaju pare?!... Sarafin li sam, eli Čifut, ta da gi brojim i preturam po ruke!

— Kako, ne trebaju ti — kori ga Kurjak. — Ne trebaju mu pare! Nego, tako... sa slave na slavu... iz kafane u kafanu... pa ćemaneta, dahire, čočeci, gočevi, pesme, a? Sevdalijski, a?

— E, sal takoj, sevdalijski, asli sevdalijski — reče Kalča, pa iskapi čašu i nakrivi kapu. — Takav beja' jošte od vreme, takav ću si i ostanem, dor me ne ponesete tam gor' pod Goricu. Batali tija rečovi, čorbadži-Mitko, zborešem si ja na Kaltagdžiju, teb' ti iska duša pare, a men' mi iska pa ovoj!... Kad si nastane i stigne prôlet, a ja si nakrivim fesče na desno, a frlim gunjče na levo rame, a plosku sas rakiju anasonliju za pojas a tamburu pod mišku, pa si iskočim na teferič sam do Agušov kovanl'k, pa si sednem pod ševteliju, pa si sal gledam i slušam. Gledam behar i kako procavtelo sve i ozelenelo; slušam devojčiki kako poju tam, odgorke iz lojze, i slavej-pile kako poje gor' na ševteliju, pa mi dolazi milo. Uznem si plosku pa sipnem u čašku, pa hǎ da gu popijnem, a slavej sa ševteliju otkine cvet, pa si i on zapoje, a cvet odi ševteliju padne u čašku u anasonliju, a ja si tag popijem i rakiju i cvet odi ševteliju (kako mezel'k), pa si i ja zapojem, čuknem sas terzijan u tamburu, pa si zapojem:

Sadila nana bosiljak...

E na što mi trebe pare, nesrećo sarafska i čifutska! — završi razdragani i oduševljeni Kalča i lupi šubarom Kurjaka u lice.

Kardaši daju za pravo Kalči i kucaju se. Nepoznati kukuriče, a Kalča budi Ivka koji je zadremao i viče mu, da su već drugi petli, a zatim svi zapevaju kucajući se:

Petli, more, poju na samnuvanje...
Dizaj se, more, dizaj, mlad ćiridžija...
Mlad ćiridžija — Ivko, jorgandžija...

GLAVA DRUGA: PATARICA

— More, Ivko, jadna ti slava i žalostan Đurđevdan, ama mi ne dobismo večeru? — zapita Kurjak već pred zoru.

— Kako bre ne dobiste? Zar ne večerasmo?

— Seća l' se ko, braćo, da l' smo večerali? Ja se ne sećam — veli Kurjak.

— Ama i ja se ne sećam, a nismo ni nazdravljali — veli Smuk.

— Braćo, 'oćemo l' da ostanemo kod našega dobrog pobratima Ivka na večeru? Ko je za to, nek digne ruku — pita Kurjak.

— Usvaja se! — rekoše ostali i svi digoše obe ruke.

— Pa – zamuckuje Ivko — ja vikam, večerasmo, sas Siku i Marijolu.

— Šta kažeš?! Ono su one večerale, a ne mi. Mi smo samo mezetisali. Je l' tako?

— Tako si je. Onoj si beše salte mezence — veli Kalča.

— Uz vino, brate — veli Smuk — a kako ti misliš. Zar onako bez mezeta da pijemo kâ Švabe?! Da večeramo, razume se. 'Oćemo l'?

— Ima li dovoljan broj da potpomognu ovaj predlog? Koji su *za*, nek ustanu, koji *protiv*, nek sede! — veli Nepoznati.

Svi ustanu; skoči i Ivko.

— Ama koj vi je ovaj čovek? — pita Ivko, gledajući ga.

— Aaa! Divota. Svi su za, pa i sam domaćin! Divno, domaćine! I on ustao! Prvi skočio! To mi se dopada! — veli opet onaj.

— Ama koj ti reče da sam, ete, za to ustaja?! Koj si pa ti? — viknu Ivko.

— Ti da si sediš; tuj da sediš! — reče mu Kalča imperativno. — Sramota bre, rezil'k! Što misliš?! Misliš da si mi pa nemamo na dom večeru, pa ti za to dođomo?! Kako, bre, misliš!? Jaz'k, bolan, od esnaf-čoveka sas esnaf-čoveci takvo zborenje! I teb' ti je slava, nesrećo!

— Ama ček' de! Nema karanje! — popušta Ivko. — Ako iskate večeru, e pa ubavo! Pa će se nameri ništo i za večeru! Ho, majke!

— Će se nameri za naša braća! Jăkako! — smeje mu se Kurjak.

— O, sveta Bogorodice i ti pa sveti Đorđijo — šaptaše domaćin — kako će ovoj pa da bidne?!

— Pa ubavo će bidne.

— Ama domaćica mi gu nema; spava!

— Pa će' gu probudimo! Zar i toj pa da mi je neka muka! — veli Kalča.

— A, to nikako! To ja neću nikako dopustiti — veli onaj Nepoznati. — Pre ću da poginem kraj njena kreveta, nego da dopustim!

— Bre, bre! — viknu Ivko začuđen i iznenađen, pa se okrenu onome.

— Jest, gospodo, tako je! — poče Nepoznati. — Tako mi časti moje...

— More kakva tvoja čast — viknu Ivko — gulanferu nijedan, i ti će' pa nekoga da častiš?!

— Gospođa je svetinja za mene. I samo preko mene mrtva moći ćete do njena kreveta doći... Ja ne dam gospođu!

— Gospoju! Kakvu gospoju? Zašto gospoju?! — reče Ivko i stade se krstiti i šetati po sobi.

— Onu gospođu, našu gospođu; ženu što je sad tamo u krevetu — veli onaj.

— More, da ostaviš ti i krevet i domaćicu! — planu domaćin.

— Ne dam ja gospođu, tu ženu ne dam...

— Koju ženu, kelešu nijedan! Ti li si gu njojn muž, ta ti da gu ne daš?! — viknu Ivko gotov da se bije i da ga bije.

— Batali, Ivko! — viču svi.

— More, što da batalim; kako da batalim! Ama vidoste li ga, što si zbori, kuče, za domaćicu mi?! On si da dava i ne dava moju Kevu? Ho, majke...

— E pa de, ti berem budi pametan čovek! — veli mu Kalča. — Pijan čovek, zar pa on znaje što zbori! On si je sag kako stoka, je l' tako, pobratime? Pijan čovek što znaje on; on si je kako magare, bez pamet i pa bez red.

— Ama pa koj vi je taj?

— Iz naše je drustvo, de! — veli Kalča.

— Pa baš ako je tako, ako sam kome na teretu, ja mogu i da idem.

— Da si ideš, gospodine, će ti bidne ubavačko! Tol'ko ti kazujem, zašto...

— A zašto pa da ide? — ispreči se Kalča.

— Pa dosta sam sedeo. A imam i posla.

— Jok, jok! — graknuše svi.

— Tu, da si sediš sas nas! — veli mu Kalča. — More, a da l' mu koj znaje ime? S koga bre dođe ti? Poznavaš li ga, Mito? Ne poznavaš. A ti, Jovane? Ni ti zar; pa ni ja ga ne poznavam — veli Kalča — a ni domaćin ga pa ne poznava! Kako bre dođe, kad te niko ne poznava? — pita ga Kalča. — 'Oće li da ga izbacimo iz kuću?

— Pa molim vas, na slavu se i ne zove. A ja došao. A sami ste maločas videli, da sam hteo da idem, kad je domaćinu krivo što tražite večeru.

— Što, i Ivko te tera? — pita ga Kalča.

— Pa da, nije mu pravo...

— E kad te Ivko tera, tag će da ostaneš; tuj sas nas će' ostaneš, pa da si vidimo koga iska Ivko da ispudi od slavu. Rezil'k od Ivka.

— A, ne, ne! Moram da idem.

— Ama ti neće' da ideš! — reče Kalča i nabi mu šešir na glavu. — Tuj će si sediš sas nas! Imaš „poslu". E, i ovoj si je posal!

— Moram.

— E nećeš, dete! — veli Kalča, pa uze novajliji šešir i baci ga na krov kuće. — Da mu sobučemo i putine, a tag bos nak si ide ako može. Ako li?

— E pa dobro, ja ću ostati, na vašu odgovornost! — reče i ostade. A lagao je; nije mogao nikako. Mučno da bi i do vrata došao. U ovoj ga je kući jednako nešto vezivalo. Najpre

Marijoline oči, a sada opet vino. I srce i noge mu se uzeše u Ivkovoj kući.

— E takoj te iskam! — veli mu Kalča. — Sedi si, pobratime. Kuče more, ela da pijemo, a od sag će' smo si pobratimi; ja s teb' kako i s ovija.

Piju i ljube se.

— 'Oće li da ga priznavamo za pobratima, kako i nas? — pita ih Kalča. — Da ga primimo u naše drustvo? Ako li?

— Da ga primimo u drustvo! — viknuše ona dvojica. — Sretno viđenje, pobratime!

Kucaju se, piju i okreću danca od čaša naviše, za dokaz da je sve tačno i ispravno.

— Dobro, nisam se ni većoj sili protivio — reče onaj.

— A imaš li tatka i majku, pobratime? – pita ga Kalča.

— Nemam — veli Nepoznati tužno, pa zapeva:

Oca nemam, majke nemam na svetu tom;
Davno, davno u grobu su oj hlađanom!

Nemam, pobratime, ni oca ni majke, pa ni mile seje, da zagrli brata oko vrata...

— Čuješ li, nesrećo jorgandžijska, što si zbori čovek. Nema ni tatka ni pa majku, a ti ga pudiš iz kuću. Jaz'k, Ivčo, od teb' za to! Ama mi ga ne davamo; je li tako, pobratimi?

— Tako je.

— A što bi sas večeru? Ajde, aščija idi pa gu spremi! — reče Kalča Kurjaku. — Eto petli kako poju na samnuvanje, dizaj se, more, dizaj se, đuzel-aščija! — veli Kalča koji je, kad se malo nakiti, rado u stihovima govorio. — More, vidoste li bruku: veće petli a mi jošte ne večeramo?!

— A, zar veće se poznaste? E pa na zdravlje vi! — reče Ivko, videći ih kako se kucaju i ljube s novim pobratimom.

— Ti si tuj sedi — veli Kalča novom pobratimu — mi te ne davamo! Za teb' će da poginemo, takvija smo čoveci mi! Iskam da vidim šta ti sag može onoj kuče da čini! A, bre — okrete se Ivku — a šta bi, more, sas večeru?

— Ama ene vi mutvak, pa si prajite što milujete. Ima tam i meso, i 'leb, i svašto.

— E, pa sag idi si, ajde!

Ivko pođe u svoju sobu, pa se vrati:

— More, ljudi, idite si dom. 'Oće da mi dođu gosti na pataricu, te biva li, da ve jučeranji nađu tu?! — moli ih domaćin. — Biva li, bre brate?!

— Ti si idi pa spavanje, kokoško; a za nas ič brigu ne vodiš. „Biva li?" Biva pobratime, a zašto pa da ne biva?! Slava je, a na slavu svašto biva.

Domaćin ode da spava, a gosti ostaše da se vesele. Kurjak uredi večeru, a Smuk donese vina, i kad treći petli zapevaše, a gosti se posadiše za bogatu sofru. Jedoše i piše, pevaše i nazdravljaše, grdiše domaćina, a hvališe novoga pobratima svog.

Svanulo već uveliko. Ustaju po komšiluku. Čuje se klaparanje nanula u komšijskim avlijama unaokolo. Istrči tek poneka čupava šalvaruša, na bunaru mije belo lice i proviruje onako neubrisana kroz tarabu da vidi otkuda dolazi taj žagor, blene u komšijsku avliju i voda joj se cedi sa poluopuštenih i neubrisanih ruku. Seti se da je gazda-Ivku slava bila, pa odlazi brzo sa tarabe, okrećući se plašljivo da je nije ko video.

Ulicom prolazi svet. Trče devojke na česmu, prolaze furundžijski momci s đevrecima i penjerlijama i deru se iz svega grla; prolaze žene i devojke u vinograd, a posred njih po jedno magare, na kome je sav alat, haljine i jestivo. Prolaze kraj majstor-Ivkove kuće, čuju pesmu i galamu. Ućute se malo da bolje čuju, a posle se glasno smeju i odlaze dalje svojim putem. Svaki zna da je juče bila majstor-Ivku slava, pa svakom milo, jer zna da je i majstor-Ivku milo.

— Ama još li su zar tuj?! — uzdahnu gazda Ivko, kad se probudi pa ču veću larmu no što ju je ostavio. — O, sveti Đorđijo, što će rezil'k da naprajiš sas mene! — reče oblačeći se. — Će stiza svet na pataricu, pa moj sram u svet neće ga bidne!

I doista već su počeli i da dolaze gosti. Dolaze i izvinjavaju se što juče nisu mogli da dođu. Jučerašnji gosti piju u jednoj a današnji u drugoj sobi. Ove služi ista jučerašnja devojka, a one jučerašnje sam domaćin i šegrt, baš onaj sa majstorovim cipelama. Gazda Ivko ih je molio i molio, pa kad to nije pomoglo, a on je samo to gledao da se ne pomešaju sa ovim novim gostima, pa se sve oko njih nalazi. Kardaši gunđaju na ovo tutorisanje. Zameraju mu što pravi razliku između gostiju, pa one poslužuje sama Marijola, a njih tek jedan šegrt.

— A zašto nas bagateliše domaćin? Ja da sam tako davnašnji prijatelj, ja to, bogami, ne bih trpeo. Zar nas šegrt da poslužuje, kao da nas je najmio da mu okopavamo kukuruz! A pobratime? — pita novajlija.

— Istinu zboriš, pobratime. Ajd' da ga posramimo. Ajd' sas men' — veli Kalča.

Pa ga uze i odoše u onu drugu sobu, da ih Marijola posluži.

— Srećna ti patarica, domaćice; a kude je domaćin? — pita Kalča.

Marijola ih poslužuje, a oni sede i primaju čast tako ozbiljno kao da su otoič prvi put došli u ovu kuću.

Malo posle uđe Ivko i zamoli ih da ne kvare ono društvo, nego neka se vrate. Veli da se našao uvređen što ga izbegavaju. Jedva ih namoli.

— More, pobratime — reče Kalča novajliji — vide li ga kakav je šeret ovaj naš Ivko! Sramuje se od nas, pa iska da ne isprati u drugu sobu.

I svi nađoše da je to gadno! To ih jako uvredi, pa se digoše da ga ostave kad je takav, tvrdo rešeni da mu više ni boga ne prime. Ali se posle predomisliše i odoše svi u avliju da mu, vele, ne kaljaju sobu i da ne budu nikome na smetnji.

— Što iskate to? – pita ih domaćin, videći ih gde određuju mesto.

— Idemo u avliju. Ovde ćemo mi, kad smo ti baš na teretu tamo u sobi. Znaš (pa namignu jetko), dolaze gospoda, presednici, pukovnici, vladike, advokati, gardisti, indžiliri — pa nećemo, brate, da se ti stidiš radi nas. Mi ovako sirotinjski! — veli Kurjak.

— Sirotinjski, kad nesmo gospoda! E li smo složni? — pita Kalča.

— „Evo desnice, vjerno pružene!" — veli Nepoznati.

— Svi!

— Sag... Vaša volja! — uzdahnu domaćin i vrati se onima u sobi.

Ovi ostaše u avliji, pa se dadoše na posao. Izneše veliki ćiprovački ćilim, pa ga prostreše po travi, a pometaše preko njega jastuke sa minderluka i posedaše. Doneše zatim legen i ibrik i peškir i vina i produžiše piti. A zatim viknuše jednoga furundžiju i kupiše penjerlije i đevreke za mezeluk. Jedu i piju.

A Kalči se dalo nažao, pa se diže i ode na vrata od sobe gde su bili gosti, pa zovnu Ivka.

— Iskoči, nesrećo, ta da vidiš sramotu i rezil'k domaćinski. Da vidiš, kuče, kako na tvoju slavu arčimo naše pare. Rezil'k i jaz'k bolan. I ti si čovek domaćin! I ti se vodiš u red esnaf-čoveci! — reče Kalča, klevetajući Ivka pred gostima.

— Kako vikaš! – reče Ivko i skoči kao oparen pa ode Kalči, a zatvori vrata za sobom da ne čuju gosti.

— Vikam salte toj, da si ni živ i zdrav, a ubavačak si domaćin. Jagurido! Zar tvoja slava, a mi za naše pare da si kupujemo mezel'k, te da ne pocrcamo od glad. Pa meti si berem pri nas i jedno čirače sas jedan raboš, ta da si beleži i kol'ko vino popismo, ta i toj da ti platimo.

— A koj vi ne dade da ručate! Ne l' dvaput večeraste?! I ne l' vi reko' za mutvak?!

— Pratimo i za Cigani, kad se ti ne seti. I nji' će sas naše pare da platimo!

— Za kakvi Cigani zboriš! A kud su pa na pataricu svirali Cigani! Red li je?

— A red li je pa i toj da gosti plaćaju Cigani za domaćinsko veselje?!

— More iskačajte ljudi iz kuću, živa vi deca, i ja tako vi živ!

— Ti iskačaj, nesrećo domaćinska. Od onakvo, bre, drustvo da se sramuješ! — viče mu Kalča.

— Ama kako reče! — pita unezvereno domaćin. — Ko da iskača?!

— Došla ti juče gospoda, a ti sad misliš, e nema već! Ne treba mi više ni taj Mita, ni taj Jovan, ni taj Miča, veliš ti. Sramota bolan! — veli mu Kurjak.

— Zar je to druželjublje! — pita ga Smuk.

— Ah bedno srpsko gostoprimstvo! — veli Nepoznati.

— More kumim ve i molim kako vladiku, iskačajte već. Što je ovoj, bre, brate! — pita domaćin, našav se u čudu, jer vide da se poče komšiluk skupljati na tarabe.

— Tri dana je gostinsko, to se zna kâ da je crvenim slovima u kalendaru zabeleženo! — veli Kurjak. — A danas je tek drugi dan...

— Čuješ li, nesrećo, toprv drugi dan, a teb' ti je već mlogo! — veli Kalča.

— O, bože gospodi! — uzdahnu domaćin i prosto pobeže kad vide šta se sveta povešalo na tarabama pa sehiri, a među njima i Jordan komšija, s kojim se Ivko rđavo živeo. On našao baš danas da radi nešto oko tarabe, da seje ladolež!

Kardaši produžiše veselje i bez domaćina. Gosti se odbiše. Pobeže i Marijola i majka njena. Pobeže devojče, lepo pobeže od onoga novajlije koji je samo uzdisao, svaki čas metao ruku na srce i pratio je čeznećim pogledima. Izdeva joj neka imena, pa sve viče: „O, Dulsino, pogledaj na tvoga Rosinanta!" A još kad se popeo na doksat da odeklamuje nešto iz dela „Lavorika i prosjački štap", Marijolina majka samo što reče: „Jolče dete, ti dom da si ideš!" Prestadoše i gosti dolaziti i novajlija se opet htede dići i otići, ali mu to nije bilo moguće, a i šešir mu nije bio pri ruci. I tako ostadoše svi. Domaćin posla ženu u rod, a on ostade. Kako je posle išlo, nećemo pričati nego ćemo završiti ovu Glavu, apelujući na maštu čitalaca da oni predstave sebi to. Ni sami junaci ove pripovetke nisu znali više šta su radili i onda nije ni od pisca tražiti da on zna, pa zato će ova Glava i da bude tako kratka.

GLAVA TREĆA: MARKOVDAN

— More, tako vi deca živa, iskačajte mi jedanput veće iz kuću! — moli ih Ivko sutradan, kad je ustao i čuo viku i našao ih gde se vesele još jednako. — Što je ovoj, bre brate! Jutroske veće treći je dan, kako mi se nabiste tuj u kuću, kako da je rekvizicija!

— Pa tri dana se znaje gostinsko, ne l' ti reče otoičke pobratim Kurjak. Pa kad si ne zadržaja dva dana, a ti se strpi jošte malko, za danas, pa će' se mi kako ljudi, ubavo, da rasturimo.

— More, kako ti pa toj zboriš?! Kakvo je to zborenje od teb' pa, Kalčo?! Kako jošte danas! More, sag se dizajte! Ne vi je ni sram od ženu i decu! Jučerke dolaziše i dolaziše, pitaše me, čekaše ve, pa ništo! I jučerke i jutros dolaze, pa me mole — em kako me mole — da ve napudim, ne smeju, vikaju, da iskoče pred vas.

— Ivko — viknu Kalča — u ženu ič da mi ne diraš.

— Ama koj ti pa dira ženu!

— Čuješ, pobratime, u ženu ič da mi ne diraš, ona kakva si je, nek si je: moja si je žena! Da gu ne diraš, zašto će svašto da bidne. A deca mi imaju si tatka, pa se ti ič ne boj da će ostanu gladni! — ljuti se Kalča.

— More, koj će da vi poslužuje?! Men' mi duša znaje kako mi je.

— I ne trebaš nam vala. Sami ćemo da se poslužujemo kâ i juče što smo! — veli Kurjak.

— O možemo mi da se poslužimo i bez gospođice Marijole! — veli Nepoznati. — Slobodno joj izručite naš naklon i rukoljub!

— E, sag opet na Marijolu. Juče domaćicu, a danas na Marijolu.

— Jeste, sami ćemo. Ne treba nam on. Ja ću da budem podrumar — veli Smuk — a Kurjak aščija, a ti Kalča da mu pomažeš malo i da se postaraš za Cigane. Je l' tako, braćo?

— A ja, šta ću ja? — pita novi pobratim.

— Ti, pobratime, kao nov, ti samo uživaj.

— Uživam ja! — veli onaj.

— Ama koj si ti, bre! — planu domaćin. — Kalčo, more, koj vi je ovaj čovek ovden?

— Istina, koj beše taj! Koj ga dovede? — zapita Kalča, pa ga stade gledati. — Kako ti se ime, bre?

— Pobratim se zovem, pobratime! „E pa dotle, a kuda ćeš više!" — veli novajlija.

— Ama zar ga ne poznaješ? — veli Kurjak. — Ta ovo je naš pobratim. Kršan drug, već treći dan s nama, pa i ne misli da nas izda, a ne kao ova izdajica Ivko. Pobratime, da se kucnemo i poljubimo.

— Pa šta sad pitaš, kad si ga zvao?

— Koj ga je zvaja, ja li sam ga zvaja? — viče Ivko. — Nesam ni vas zvaja, te ću njeg' sag pa da zovem!

— Što bre reče? — pita Kalča začuđeno. — Nesi ga zvaja!

Pa da ga napudimo! A kude mu, more, ostaviste kapu? Ama zar te, istina, neje zvaja?

— Pa na slavu se i ne zove. Razume se niti se zovu niti se teraju gosti sa slave. Je li tako, pobratime? — veli onaj i poljubi se s Kalčom.

— Ee! Aškols'n za taj reč! — veli Kalča i potapka Nepoznatoga po ramenu. — Ubavo si, more, zbori čovek! E za taj reč, pobratime, da se čuknemo i ispinemo po čašku. Okreni gu, da gu vidim dance.

Kucaju se. Okreću čaše nadole, a dance gore.

— E sag te priznavam za pobratima!

— Je l', Ivko, a kako mu ono beše ime? — zapita ga polako Kurjak.

— Glavu da skrši, otkud mu pa ja da znam ime, kad ga onomatke toprv i vido'! S vas beše došeja.

— Neje s nas došaja, ama će s nas da ide. Čuješ, pobratime, sedi si ti tuj, pa će' zajedno, družinski će' da si idemo, u kup.

— Ama toj ve i ja molim — veli Ivko — da si idete.

— Ama mi će' idemo, teke vikam za teb' će bidne sramota, a za nas, da kažeš, jok! — veli Kalča.

— Od sutra se ne poznajemo više, a danas ćemo još za ono naše staro prijateljstvo da ostanemo, a bog neka ti sudi, što nas obruka! — veli Kurjak.

— Obrukaste vi mene! — odgovori Ivko.

— Teb' će da rezili čaršija — veli Kalča — a mi pa će' smo si onija stari kardaši!

Šta će veseli Ivko nego ih opet ostavi. Pametniji popušta, pa tako i on. Pobeže lepo čovek iz svoje rođene kuće u čaršiju.

On u čaršiju a žena u rod, a kuću ostavili što se kaže na bog-dušu.

Ostaše kardaši i opet sami. Od ćiprovačkog ćilima načinili formalan šator, pa se preselili u njega. Oko ovo doba su formalno uzurpirali svu vlast i sva prava veseloga Ivka, čija je funkcija kao domaćina prestala. I kujna, i podrum, i ćiler, sve je bilo u njihovim rukama. Kalča je izneo pušku i fišeke i ubijao kokoši, a Kurjak ih je sa jednim rekviriranim šegrtom iz komšiluka čupao i navrtao na ražanj pa pekao. Svi su bili u poslu. Kalča ih je samo za kratko vreme (i to s njihovim dopuštenjem) ostavio, da otrči časkom do kuće. Setio se, kao dobar domaćin, svoga Čape, pa je otišao da ga dovede; a Čapa će imati tri dana posla po avliji! „Ako li da iskočim za časak do dom, za Čapu? Veće treći dan kako se ne vidomo, a i vi ga ne vidoste, ta da ga dovedem. A, ako li?" pita ih Kalča. A usput će i koga još pozvati na slavu i poslaće Cigane, ako kakve sretne usput.

Kad je posle došao s Čapom, svi su se obradovali Čapi i pozdravili ga, a i on njih na svoj način, to jest, mahanjem repom; a posle je odmah Čapa otišao u jedan ćošak, gde je bilo ogrizina, i zadubio se u posao i nije se više mešao amo.

Posle podne toga trećega dana krene se Ivko svojoj kući da učini ovaj i još, poslednji pokušaj; tvrdo rešen da ih milom a u krajnjem slučaju i silom isprati iz kuće i skine s vrata. A bilo je već i krajnje vreme! Jer od Homerova doba nije valjda takva zuluma bilo, nego onda u Itaki i sad u Ivkovoj kući 23, 24. i 25. aprila. Jer kardaši su se u Ivkovoj kući razbaškarili ne drukče nego kao ono negda Penelopini prosioci u Ulisovoj, pa se ti sinovi časte! I da je za Ivka na veću bruku ovo upoređenje

— Penelopini prosioci su se bar častili za odsutna Ulisa, pa to i kojekako; ali ovi za živa i prisutna Ivka, a to je tek ona bruka!

Stiže i uđe u svoju rođenu kuću polako i obazrivo.

— Oho! Zdravo, pobratime! — viknuše oni ispred šatora.

— Zar meni slava, a tebe niotkud. Sedi pobratime. Raskomoti se kao kod svoje kuće! — reče Smuk, koga tek sad beše — ama onako temeljno — uhvatilo piće.

A Ivko stao, pa ih gleda.

— Ama, ljudi, videste li čuda, gde mi nema žene! Odakle ideš, pobratime? — pita ga Smuk.

— Iz čaršiju si dođo'! — veli Ivko.

— A kad ideš odatle, a da l' vide, boga ti, gde moju ženu?

— Pa, ona si sedi dom, kako jedna domaćica od red, a ne kako njojn muž, kako ti! — veli Ivko.

— Pa gde je, kad je doma? — pita ga Smuk.

— Pa kod svoju kuću si je, a da kude će da bude?

— A čija je ovo kuća, bre pezevenk?! — pita ga Smuk, a škripi zubima, jer mu se učini da Ivko hoće da mu otme kuću.

— Pa moja si je, moja. Što misliš?! Salte moja, ni tol'ko — i pokaza na crno ispod nokta — nema u Upravu fondova, ni pa kod Voskari onija.

— Ama zar ovo tvoja kuća? — čudi se Smuk. — E, čuste li ljudi luda čoveka šta zbori: Njegova kuća! A gde je moja?

— Pa tvoja kuća u tvoj sokak.

— Ama tri dana se nisam makô iz kuće i sad on da me uči koja je moja kuća! E, moj Ivko, moj žalosni pobratime! — žali ga Smuk. — Idi, idi bolje, pa se ispavaj. Što piješ, kad ti škodi! A čiji je ovo sokak, bre?

— Pa moj si je sokak! — veli Ivko.

— Jes', jes', brate, tvoja kuća, tvoj sokak, tvoj grad, tvoja i Srbija. Sve je tvoje, a mi nemamo ništa! Pa ni ja, ni Kurjak, ni Kalča, niko ništa nema, samo je bogat Ivko, jorgandžija. A mi smo beskućnici, jedni gurbeti. Ni taj Kurjak, ni taj Kalča, ni niko nema ništa samo... Fala, fala, pobratime Ivko... koje smo mi to od tebe dočekali...

Huknu Ivko, pa ućuta. Stade se šetati po avliji neko vreme, pa se vrati kao da se nečemu srećno setio.

— E, pa šala beše, šala dě!

— Nije to šala! S mojom kućom ne dam ja niko da se šali! To nije za šalu!

— E, pa, ete, priznajem; tvoja si je kuća, salte tvoja.

— I jest! — reče odlučno Smuk. — Moja, jǎkako! I ubiću svakoga, evo s ovom puškom, ko hoće da mi je otme! Tvoja kuća! Valjda si mi ženin brat, pa da je s tobom delim! — reče Smuk, pa metnu pušku preko krila.

— Tvoja, bre brate, tvoja! — huče Ivko. — A ja sam si salte došeja da ve vodim kod men' malko. Ela te, izvol'te, drustvo! Izvol'te, poskoknite malko do men' na pijenje i jedenje!

— Kuda? — pitaju ga oni.

— Kod moju kuću, ne l' vi reko'! — reče Ivko.

— Pa da idemo! — reče Kalča i onaj.

— Jok, jok! — viče Smuk. — Nisam ja kâ Ivko. On tera goste iz kuće, a ja ih ne puštam. Drugi sam ja čovek. Da ginemo, bre, zajedno!

— Svi u kup da ginemo! — pristaje Kalča.

— More sa crnom zemljom ću da ga sravnim i sastavim — škripi Smuk zubima — ko se samo makne odavde. Tu da ostanete! A Ivko nek ide, nije, vala, nikad ni bio za drustvo! — reče Smuk prezrivo.

— Molim te, pobratime, sal' za jedan reč — veli Ivko.

— Ništa nema da me moliš. Ja te ne teram, kâ ti nas, ali goste da mi ne preotimaš, ako ti je glava mila — veli mu Smuk — a koje je meni dosta da sam ja to od tebe dočekao posle toliko vremena našega druzeskog živovanja, to ja, pobratime, žalim... I umreću, umreću, pobratime, a to ti oprostiti neću zaista! Kalčo, sipaj u čašu, domaćina služiš, a ne gulanfera.

— Heee, pobratime Ivčo — podsmeva mu se Kalča — na taj trag zajac nema ga.

Vide opet Ivko da je naseo, i da mu, što kažu, taj barut nije upalio, pa ih ostavi i stade se šetati po avliji i onako skoro blesasto gledati vašar po njoj. I sasvim mahinalno saže se i diže jednu somotsku jaku, manžetnu i parče nečija štapa. Okrete se i pogleda sve i vide da nikome ne fali jaka. „Ko li je, bože, zaboravio ovu jaku i prelomio štap?" pitaše se u sebi Ivko. „Da li je ostavio jaku, kad su ga zaustavljali ili izbacivali, i ko je slomio štap i o šta ga je slomio, ko to zna! Da ih pita, ne vredi; ko zna šta će mu odgovoriti; a bogzna da li znaju i da li se već i sećaju svega toga. To će se mučno ikad doznati, a teško da će ga, vala, i ono jarko sunce prokazati." Tako je mislio Ivko, šetajući se pogružen, i, što rekli naši stari, u nedoumjeniju. Gleda onu somotsku jaku, pa ga baš bi sramota od onoga poganoga Jordana, koji i danas još jednako radi oko tarabe i seje ladolež uz tarabu.

— Pobratime! Ela ovam' pri nas na vince. Opramo i čaše, da se poubavo može da pije.

— More, ostav' me pa ti!

— E pa idi, idi kad si rekô! — viknuše svi na nj.

— Molim ve, braćo, i prijatelji, i drustvo! Je l' ste kristijani i Srbi, je li ste Turci ili Tatari ili Zejbeci; kakva ste vera? Izlegajte mi iz kuću, tol'ko ve molim!

— Bre, bre! Gle šta zbori! — reče Smuk i ispali pušku uvis. — A otkad je ovo tvoja kuća?

— Od prekojučer nije, vala, vidim veće ni moja! — veli Ivko. — A bre, brate, pa mlogo je!

— Mnogo je kad biju! — veli novajlija i iskapi čašu.

— Ti da si ćutiš, kelešu nijedan! — planu Ivko, a posle se opet umiri, uze skromnu pozituru i nastavi: — Idite bre, zar vi se neje dosadilo?! — pa stade na prste da ređa: — Dođoste, sedoste, piste, ručaste i pa piste; večeraste, fruštukovaste i pa piste; spavaste, pucaste, kokoške mi potepaste, čiraci mi izbiste, komšil'k uzbuniste, po kuću mi taraf-taraf načiniste, rezil'k mi naprajiste! Pa što jošte iskate da prajite? Je li ste kristijani, je li dušu imate?! E pa nesam si ni ja hadži Mihal, ta da poteglim tol'ki arač!

— Jok, jok! — viknuše svi. — Idi ti!

— Ama koj da ide — planu Ivko — ja li da idem?! More, će' da iskočite, pa sve će' da pojete. Kako neveste će' iskočite, sal' dok si oknem komšil'k... pa moji momci i moji čiraci, tak ću ve vidim!

— Koga da vikneš?! Koga, detence! — viknu Kalča. — More krv će da legne, kako kod Kele-kulu u staro vreme, ako je baš za toj. Ću ve potepam sas pušku kako zajci. Će ti se razleti perje po avliju i po komšil'k kako na jarebicu, kad ve ja sal' uznem na oko sas ovuj pušku.

— Pa... je l' neće' da iskočite?

— Nećemo.

— More u Opštinu ću ve tužim.

— Hajde za put! — smeje mu se Kalča. — S rešeto li se plaši mečka?! He-he-e! Na taj trag zajac nema ga!

— Lele, majke, što da prajim?! — reče Ivko polazeći. — Da se tužim, neće mi niki veruje! Propado' dibiduz!

Pođe pravo na vrata i stade se šetati ispred kuće i misliti. „More, kom da kazujem moju bruku! Za ovoj imaše li jošte kad god u svet tužba?!" veli Ivko u sebi, pa se vrati.

— More, je li će' da mi ostavite kuću, da ne puca bruka i od men' i od vas?!

— Nećemo, ovden' će ostanemo! — veli Kalča.

— Ovako ve molim — reče Ivko i skinu kapu i metnu je pred noge na zemlju — idite si dom!

— More, kakvo idenje ti pa pominješ? — viknu Kalča. — Za toj ič da ne pominješ, Ivko! Odi ovaj ćošak od kuće tam' što je, da nesi ulegnuja u avliju sas tija reči, zašto će pogineš; mrtvak si! — reče Kalča silno i uze pušku od Smuka.

— Ama pa zar na moju slavu da poginem! — reče žalosno i tankim glasom, pa sasvim mahinalno stade iza ćoška kao iza neke demarkacione linije. — Što da poginem!... Odlazite bre!

— U knjige će se, more, pisuje i četi po za nas: kako je ubija pobratim pobratima; kako je poginuja domaćin jedan, ete, na slavu! — veli Kalča još silnijim glasom.

— Da poginem! — strese se Ivko iza ćoška. — A zašto da poginem? — pita se sam Ivko.

— „Koj ga je ubija?" će pituju čoveci po za nas. „Ubija ga je, ete, Kalča pobratim!" će reknu druzi. „A zašto ga je ubija?" „Ubija ga je dek' se sramuvaja od drustvo i neje držaja slavu si." „Ako, ako, će reknu, posvetila mu se! Neje ga Kalča ubija, slava njegova ga je ubila! Zar naši stari predi nas, će reknu oni, pet stotin' godine, bre brate, držaše i čuvaše slavu — em u onaj zulum očuvaše gu! — da se, demek, razaznajemo koji smo od vreme Srbi, a nesmo ni tija Grci, ni Cincari, ni pa Bugari — a on sag zar, u ovu slobodiju, pa da gu batisuje?! Ako, ako! I trebaše takoj da mu se napravi! će reknu čoveci. Neje Kalča kabajet! Neje Kalča ubija pobratima, ubija je kuče, nikakvu veru je ubija Kalča, cvrsta vera!" — završi najvišim glasom, pa zakrvavi očima i zaškripi zubima.

— O, sveti Đorđijo! — veli Ivko koji je iza ćoška sve ovo slušao, lupajući se u grudi — ti mi ovoj sve napraji; a sag si ćutiš, te me ne kurtalisuješ!!! Što sam pa baksuz, ta me nigde u svet nema! Što da činim, kom' da si na daviju idem?! — reče pa pođe, ali se opet vrati natrag, pa pomoli glavu iza ćoška.

— I jošte poslednji put ve molim...

— Ni korak na kude nas da nesi pošeja — viknu Kalča i naperi pušku — zašto si sag u ovaj čas mrtvak!

— Dokle će se karate, more, kako Cigani! — ču se glas Jordana, komšije. — Što je ovoj, bre brate; malo li vi bi dva dana! Eli smo u cigansku malu, ta tol'ko vikanje i svađanje i karanje! Ja sam bre poreska glava... porez plaćam bre, dvadeset i tri dinara!...

Ivko samo huknu.

— E pa sal' da si znajem da je tako... Aaa! Za ubivanje li je?

— More što da arčim barut džabe. Će natutkam Čapu na teb' — reče Kalča i poturi pušku na stranu. — Ništo me ubivaju putine — veli Kalča, svlačeći cipele i navlačeći Ivkove papuče. — More, ti će' toprv po sag da vidiš muku od nas. Zašto men' mi sag treba da sam rahat malko!

— E, žene kisele — reče Ivko, polazeći i zakopčavajući kaput ljutito, kad vide kako se Kalča natenane raskomoćuje — kad ne razbirate čoveški, a ja ću ve pitam, što će' prajite, kad vi dođu deveri iz Opštinu. Ako je sas zor, e pa i ja si ubavačko umem!

— U-a-a-a! A po njega! — osu se iz avlije, a Kalča ispali pušku za Ivkom koji pobeže pravo put Opštine.

— A vidoste li kuče nijedno, kako se sramuje od naše drustvo?! Rđa nijedna! — psuje Kalča.

„U-a-a-a! A po njega!" ču Ivko kako se ori iza njega iako je prilično poodmakao od kuće. Pošavši u Opštinu, zastade malo nesrećni Ivko i okrete se na kuću i pogleda na sebe, kao da se jadnik htede uveriti, je li to njegova kuća i je li to on, Ivko Mijalković, jorgandžija. Zbunio se čovek, pa ne zna ni šta radi od čuda što ga je snašlo. Iđaše tako pogružen i zamišljen pravo Opštini, misleći u sebi, kako vragu samo da otpočne svoju tužbu; a da takve tužbe nije bilo — da domaćin tuži svoje goste a još uz to i pobratime — otkako je sveta i veka, to je znao Ivko i to ga je baš najviše i tištalo. Zato je išao kroz ulice zanet u misli, kad ga zaustavi i trže iz misli neki poznanik.

— A baš dobro kad te vido', gazda-Ivko! Izvini me, al' baš nisam mogô. Nisam ti mogô doći na slavu... znaš kako je... posô... a nisam ni bio ovde — veli onaj. — Pa... nemoj da se ljutiš, ili da mi nešto zameriš!

— Ič se ne brinite. Nema ljutenje. Znavamo se de... imaju si poslu, brate, e dě, znam kako je! — reče Ivko, izvlačeći ruku iz onoga ruke i hoće da pođe.

— A dogodine ja ću to već, nadam se, popraviti. Bože zdravlja! Pa kad li ti se dogodine nabijemo u kuću! Lele, majko i devet otaca, što ćemo da se naplatimo za ovo što si ove godine tako jeftino prošao! More, pa ćeš da nas se ratosiljaš! — smeje se onaj i trese preplašenog i smrznutog Ivka, da se i on smeje.

— Izvol'te, brate, izvol'te! — prošapta Ivko. — Men' će da mi milo bidne.

— Pa kad ti se nabijemo u kuću — slušaš li, more, ti — neće te, vala, ni sva tri dana okrpiti! Znaš me, fala bogu, da sam veseljak, pa kad zasednem, a ja onda ne znam šta je dosta! Ha-ha! — smeje se i trese Ivka, da se i ovaj smeje. — A što si se, more, smrzô, što si kiseo?! A, more?

— Ama ništo, brate, vikam, će' da mi pocepate kaput, brate — reče Ivko tankim i plačevnim glasom.

— More, kakav kaput; ti znaš mene, fala bogu! Od mene, vala, boljeg prijatelja znam da nemaš.

— More, kako da te ne znavam! Sve ve ubavo poznavam. Ama imam si poslu...

— E, dakle, izvini me! A dogodine, kâ što ti reko', drži se dobro! Zbogom!

— Lele, majke — govori Ivko idući Opštini — jošte se nesam ni od ovija ovogodišnji' kurtalisaja, a ovaj me veće kaparisuje za onoj drugu godinu! Život nemam! Ej, majke, što me rodi baksuza! Ah! sveti Đorđijo! — reče i stade se lupati u grudi kao čovek kad nekome preti.

I najnesrećniji domaćin, Ivko, stupi u predsoblje Opštinskoga suda.

Tu zateče pandura što prijavljuje, gde sedi pred vratima zasedanja na jednom uglačanom panju na kome je sedelo i glačalo ga već nekih dvadeset i tri pandura-prijavnika pre njega. Dremljiv i lenj, kao svaki naš pandur, i ne okrenu se, niti diže glave da vidi ko je i zašto je došao, nego zagnjurio glavu u šake i laktove odupřo o kolena, pa gleda kako se muve šetaju po prljavom podu predsoblja; sedi, gleda i zeva kao kakav šarov. Pati i on od onog — tako jako rasprostranjenog po svima našim nadleštvima — pandurskog, tako da ga nazovem, splina kome nema leka. Mrzovoljan i razočaran, mrzi na sve. Mrzi ga i što je živ, mrzi ga i onu muvu — što ga već po sahata uznemiruje — sa svoga rođenog nosa da otera šakom. Kad ga stariji pitaju, odgovara i kojekako; a kad ga pitaju mlađi — baš nikako. Mnogo je štošta video i doživeo i ništa ga više ne može da začudi niti iznenadi.

— Sediš si? — otpoče Ivko.

— Eto sjedim — reče, pa razvali vilice kao zmijski car i stade zevati — sjedim pa nemam kad.

— Gospodin prisednik ima li ga tuj? — zapita Ivko.

— Eno ga, bome, đe sjedi u zasjedanju! — odgovori pandur zevajući, a niti se diže niti ga pogleda.

— Da me prijaviš kod gospodina. Rekni: Ivko, jorgandžija, iska da uiđe do teb'! Sal' si toj rekni, a on će da me znaje. A rekni: Zort mu je ništo! Sal' na dva reča, rekni.

— Lijepo! — reče pandur i lenjo ustade, pogladi šakom brkove i uđe.

„Pusti ga!” ču se glas iz zasedanja, i Ivko uđe. Predsednik je baš nešto svršavao. Ivko stade i pričeka, okrećući kapu i gledajući po sobi. Zasedanje beše lepa prostrana dvorana, lepo i ukusno nameštena sa mnogim uramljenim i po zidovima povešanim fotografijama od negdašnjih trijumfalnih kapija od amerikana, od kojih je obično prva luda kiša dar-mar napravila, te im se sutradan krsna imena nije znalo. Oko stola poređane stolice i lepe fotelje, sve novo i čisto. Na jednoj fotelji leži prelomljen kišobran i jedan bestraga ulubljen i procepan šešir sa ispalom postavom (corpus delicti neke krivice od đurđevdanske slave), što je baš tada naređivao g. predsednik pisaru da odnese u krivični odeljak. A zatim je digao obrve i nešto pregledao neka akta, puštajući guste dimove i ne gledajući Ivka. Ovaj postoja malo, pa se posle nakašlja da dâ aber od sebe. G. predsednik podiže glavu i pogleda na tu stranu, i opazi Ivka u onom njegovom, čitaocima već dobro poznatom, dugačkom crnom salonskom kaputu i svilenom prsluku s cvetićima u saksijicama i sa onom njegovom zelenom svilenom mašlijom. Sasvim onakav kakav beše onoga jutra na dan slave, kad još beše i smatraše se za najsrećnijeg čoveka, samo mu brada izbila za ovo tri dana, pa mu licu još više dala mizeran izgled. Stoji tako smerno i prepodobno, a u ruci drži nešto zavijeno u šamiju.

— A, ti si, Ivko, a ja baš ovu tvoju stvar gledam.

— Jeste, gospodine, ja sam si! — veli tankim glasom Ivko i razvi onu šamiju, pa izvadi iz nje jednu savijenu hartiju, metnu je pred predsednika, pa se smerno izmače i tiho iskašlja.

— Pa šta je, Ivko? — zapita ga predsednik, i uze ćilibarsku muštiklu, povuče jedan dim, pa je lepo ostavi preko raskrečenih makaza, i razvi hartiju što je donese Ivko, pa je stade razgledati.

— Šta ti je ovo? — zapita ga začuđeno predsednik.

— Ništo ne znam, gospodine, četi si sâm — veli Ivko, pa se povuče zidu.

— *Tapija*?! — veli predsednik. — Dobro, pa što će mi sad ona?

— Ja si ništo ne zborim, gospodine. Zbori si ti. Čovek si pismen, pa sal' toj da mi pročetiš: E li tapija glasi na men', i e li je toj tapija od *moju kuću*?! Sal' tol'ko!

— Jeste, na tebe glasi... pa šta onda?

— E li sam ja sajbija od moju kuću — e li su pa sajbije stanule, u sagašnju ustavnu državu, onija bezakonici tam'?

— Ama, pa šta je to bilo? — pita predsednik.

— More vide li ti, gospodin-prisedniče, onija — i pokaza rukom na onu stranu gde mu je kuća — što naprajiše sas men' i moju kuću?! Pa to te molim, gospodine, da pročetiš u zakon: e li je predvideja zakonodavac ovakav slučaj i napisaja niki paragraf?

— A šta je to bilo? — zapita blagim glasom predsednik i stade nameštati cigaru, da ne bi progorela zelenu čohu.

— Lošo, gospodine... život nemam... od zulum pobego' do teb'...

— A od koga to?

— More, sramujem se i da ti kažem... ama, ete, vikam neće' mi veruješ! Otkako se slava slavi, takvo ništo teško da beše u svet, ete! Pa si iskoči' do teb' da te pitujem, gospodin-prisedniče: ima li ga u ovuj zemlju zakon za onija bezakonici, što su, ete, sag u moju kuću?

— He-he! — smeje se predsednik — i to baš tebe da snađe, sve tebe! A od kojih to bezakonika?

— Od onija nesrećnici, treska gi faćala! Onaj Mita Jovanović i Jovan Popović, i pa onaj Mikal Nikolić Kalča. Ete od tija bezakonici.

— Zar oni? Pa šta ti rade?

— Zulum čine, gospodine. Ene gi kude zasedoše u onuj moju pustinju (pusta ostala!) jošte od njeknja! Kako dođôše na Đurđovdan — ti mi dođe pred ručak, a onija po ručak — kako si tag dođoše i sedoše, veće se ta vera i ne diže od tag iz moju kuću. Treći dan danas, gospodine. E pa mlogo je, gospodine, mlogo!

— Mnogo, Ivko! — veli predsednik, puštajući guste dimove.

— Prvi dan slava — e, biva, red si je; drugi dan vika se patarica — e, peki, i toj će si kabulim; — ama što prave pa danas, treći dan, majka mu stara?! E pa nesam si ni ja bitoljsko magare, ta da poteglim tol'ki tovar! Mlogo, gospodine.

— Jeste mnogo...

— Pa vikam da iskočiš, gospodin-prisedniče, ta da vidiš sas tvoje oči moju bruku i moj žalos'. Ene gi tam sede si, pa na svaki čerek sata po jedno ručanje. Časte se, gospodine, kako Cigani u bogat dom posle poklade.

— He-he! — smeši se predsednik.

— He-he! — smeje se i Ivko usiljeno. — Teb' ti je za smejanje, a men' mi pa za plakanje. Ovoj si je sag u moju kuću kako vojska u rat kad promine kroz selo! — Ono jedenje, ono pijenje, ono pojenje, ono pucanje sas tufeci — će' vidiš i čuješ i pa neće' da veruješ. U zem da propadnem od sram, što će reknu pa komšije!

— Ama pa oni se već i tuže. Evo Jordan podigao tužbu i protiv tebe... baš sad sam je čitao... tuži se, da nema mira od larme u komšiluku... Evo: ponizan Jordan Conić Krivokapče.

— I pokaza mu tužbu, koju je nakitio neki budžaklija advokat i u kojoj je živim bojama naslikan danonoćni strah, nesigurnost i bedno stanje familije Jordana Krivokapčeta, od ovo tri dana.

— Ama, zar toj kuče se baš nađe da se tuži!

— Jeste, on.

— Što je katil čovek!!! Ama za njeg' me baš ič neje žal. Nesreća je, gospodine, vazdan-dan je u avliju, pa što će da čini, veće sag uzeja pa seje ladolež pri zid, sal' da seiri za moju nesreću, tol'ko mu milo za ovuj moju bruku.

— A, veliš, bruka po kući?

— Ene gi sijasvet oko kuću mi kako oko panoramu! Ono, gospodine, neje kuća, neje avlija veće — onoj si prilega na uzundžovski panađur! Svašto ima, sal' što fali komesarin jošte iz policiju. Bogami ti kazujem...

— Pa što meni sad govoriš, što njima nisi kazao? Tu bar, fala bogu, ne moraš da se cifraš i da im držiš čest. Niste tuđi ljudi, nego svoji, poznati, pa da si im napomenuo, da si im kazao: braćo, ljudi, đavoli, sotone, molim vas, nije, hvala bogu, sutra smak sveta, ima još dana... da si im eto tako kazao, otišli bi ljudi lepo...

— Ama kazaja sam gi, gospodine, i molija sam gi i što gi ne praji — pa ič ne pomaga, em kako sam gi molija, i onoj kuče Jordan Krivokapče tuj pri plot beše i sve slušaše i čuješe, pa ič ne pomaga. Pijani ljudi, gospodine, što da pravim!

— Nisi ti umeo.

— Iksaraše sve, sve se razbegalo od kuću, i momci i čiraci i domaćica i magare mi pobeže od tirijanstvo čak u lojze, i ja. Em magare što je — pâ ne mogalo da potegli tol'ki zulum i rezil'k od onija katili!!! I ono ufatilo svet! Sve pobeže, gospodine, po malu i po rod i po lojze; a što ostade, toj pogibe, a ja si pobego' do teb' da me kako vlas' ete, zaštitiš, što se kaže. A oni si ostaše, ta šenluče kako u dušmansku kuću. Načiniše si čador sas barjak, a Kalča si sedi pod čador sas pušku na krilo, pa kako Arapin onaj kad je zakupija Kosovo u staro zulumćarsko vreme što se pisuje i kazuje. Frljaju tufeci kako Zejbeci. Tepaju kokoške kako da iskočiše u lov u čair, pa da su toj šljuke! I petla mi ubiše! A imašem petla, ete, za kef! Ta što imaše pusto grlo, kako telal u carsku ordiju; budija mi je čiraci sabajle na ševećeriju na dućan, pa i njeg' mi ubiše ajduci! Ubila ga sveta Bogorodica i prekojučeranja slava!

— Zar sve poubijali?

— Ete otidi si sag, pa nema ič pile za lek da tražiš! A kamilu da mi davaše čovek za onoga petla, ne tejašem da ga dam, a oni ga utepaše i poručaše. Beše čelebija petal. Kad si spacira pokraj plot, trče po njeg' komšijske kokoške kako palilulke devojke po gardista narednika, tol'ko beše merak na njeg'! A beše batlija petal, imašem tol'ki piličiki! Ća i teb' da pozovem jedan dan na teferič na ručak u lojze.

— A zar baš toliko mnogo jedu?

— Mlogo, gospodine! Da ti ne dava Gospod ni da gi 'raniš ni da gi pojiš! Za onoga Kurjaka jedno pile na zub, a jedno jagnje teško da stiza; od jedno jagnje sal' runo što ostavlja! Jede kako vatra! A Smuk onaj pa što *pije*, mani se! On si sal' drži okanik, pa kako strina bosiljak, ne ispušta ga iz ruke!

— E, to im ništa ne valja.

— Zulum čine, a ja što da prajim sam, ete, pomeđu onija ajduci?! Što da činim, ela nauči me ti. Ti si učija, demek, čkolje, čovek si knjižovan, učevnjak, razbiraš se u paragrafi i zakoni, a ja sam si jedan čovek pros'. — Biva li da se kako domaćin tepam sag sas nji', sas gosti, bre brate?! Ne biva! Prijatelji smo, kumovi se vikamo, pobratimi se zovemo, imamo šalu od vreme, pa što da činim?! Proba', gospodine, da i ja stanem sas nji' barabar; kako onija, demek, da se opijem — pa ne moga'! Kol'ko više piješem, sve si popametan stanjujem, pa me sve više žal i sram za ovaj rezil'k! A i stra' me (istin' da ti kažem!), stra' me da ne poginem za ništo, zašto pijani čoveci, znaješ kud gi je tag pamet!

— Ta valjda neće dotle da dođe.

— More, ne znaješ, gospodine, kol'ko sam ja baksuz, a onija pa kol'ko su ludi! Onija pa ludi Kalča zaseja nasred avliju sas pušku preko koleno kako onaj Musa Kesedžija u Kačanik u staro vreme; pa me stra' da ne poginem za ništo! A lud je, lud, gospodine! Će me utepa kako šotku! Da poginem za ništo, bre, brate! Nesam poginuja u rat od dušmani, ta sag da poginem na Đurđovdan, od pobratim u moju kuću na moju slavu — kud gu pa nađo' da gu slavim! — jauknu grešni Ivko. — I žene gi dolazile i plakale i okale gi dom — pa ništo! Zamalo te gi ne utepaše, a žene si pobegoše. Ludi su, gospodin-prisedniče, pa sto oke ludi!

— A koji reče da su?

— Kurjak, Smuk i Kalča.

— Ha-ha! Sve sigurne firme! E dobro su se sortirali. Dakle oni. E, grešni Ivko!

— Jest, sal' ta četvorica.

— Trojica valjda? — pita predsednik.

— Četvorica, gospodine. Na trojicu znam ime, a na onoga četvrtoga koj će da mu ga zna, kum mu nisam bija. Četvorica.

— A koji je to?

— Ama, gospodine, ako ga ete ti sag znaš, toj će ga i ja znam (vrat da skrši!). Kol'ko pita' i pita', i ne moga' da mu čujem za ime. Pitujem onija: koji vi beše, vikam, taj? a oni mi kazuju: „Naš pobratim!" Pitujem pa njega: Koj si ti, bre? „Njihov pobratim!" vika on. „I tvoj pobratim!" vikaju oni. (Pobratimija se sas koleru a ne sas men'!) Tri dana kako ne iskače iz moju kuću, a ni ga znavam ni pa poznavam...

— A odakle je, znaš li bar?

— Koj će da znaje, gospodine. Na slavu znaješ kako je. Dođe si čovek iz beli svet, ulegne u kuću: „Srećna slava, domaćine, za mlogo godine i mi teb' i ti pa nam!" tol'ko zbori, pa si sedne kude si miluje. A ti što da praviš, jošte mu lackaš, a i ne znavaš ga; vikaš: Milo mi je, izvol'te; a vi zar pa sal' na slavu znate i setite se za prijatelji!!! A ni ga znavaš ni pa poznavaš. Znaš što je adet; slavija si, fala bogu. Te tako si i ja s toga. Belosvetski neki; ispreko plot si zar dođe ovamke. Možda da neće ni od našu veru da je, zašto se ič ne razbira u naš adet. Četiri put ga, bre brate, pokani s kafu (belkim da se čovek seti za dizanje) i on gu popi, i ta se vera ne priseti ta da si iskoči iz kuću, demek na drugu koju slavu, no si sal' sedi i žmije. „Ja si mogu, vika on, mlogo kafe da pijem; kol'ko da gi pečeš, vika, ja gi sve pijem, ne mi ič škodi" vika. Te si i ja veće batali da ga kanim.

— A znaš li bar ko je, šta je?

— Pa trebe, mislim, da je neki gurbet od panoramu, eli pelivan, na tu sortu prilega... Neka fantazija, gospodine. Ni ga zva' ni ga pa zaustavlja' — pa sad on stanuja jošte pozulumćar i polud odi svija onija što su tam...

— Bruka.

— More, toprv iska da čuješ za bruku. Za onuja trojicu pa mi i neje mlogo žal i pa krivo, zašto smo, znaš, drustvo jošte od vreme... i ja sam si tol'ko put bija kefli u nji'ove kuće! Ama za onoga panoramdžiju i pelivana... e, gospodine, neće' mi veruješ, veće život nemam! Zašto jošte drugi dan stade da pravi ešekluci, a pa onija budale pristadoše ta sas njeg', a men' mi pa sve za inat. E, tuj mi duša, gospodine! — reče i pokaza jabučicu. — A znaješ što iska jošte pelivan?

— A šta traži?

— Begenisaja kockarin ono devojčence... ono Jolče bućmedžijsko... ono što mi posluživaše, ako pantiš, na slavu, gosti, pa iska sag da se oženi sas njuma. A onija pa ešeci 'oće da su mu navodadžije! — Jošte drugi dan, jučerke, tražiše mi devojčence da gi poslužuje, a ja gi prati Mitanče, čirače, a oni napudiše čirače pa iskaju ete, Marijolu: „Pišin da ni pratiš, vikaju, ono Jolče, da ni poje pesmu: „Slavej pile, ne poj rano!" zašto je, vikaju, na Siku kerka, pa će i ona da znaje ubavo da poje tuja pesmu, a, vikaju, neće da se sramuje kako majka gu, zašto je učila čkolju!" Što da radim, da pratim — ne smem, gospodine, čoveci su, sol ručaju, majke! Ta gi prati Cigani neki, a oni gi nakaraše, a Kalča jošte jednoga i istepa. — A oni pa tražiše: „Prati ni, more, Ivčo, ono Jolče; će' da gu udavamo!" O, bože, vikam, kud se pa tako udava i pa ženi! Nemacki adet u nas nema ga! Nesmo ta vera, vikam. Kakva je vera sag pa toj zastupila, vikam gi pa ja. „Da pratiš, da pratiš, zašto smo gu i momče namerili" vikaju oni. Pijani čoveci, mislim se pa ja u moj pros' pamet, pa i ne znavaju veće što zbore! Ama ono drukče bilo, gospodine. Oni se i narediše veće, narediše se kako da će od nedelju veliki post. Onaj panoramdžija će je mladoženja, Smuk kum, Kalča stari svat, a dever će je Miroslav, apotekarin.

— Pa okanuše li se? — zapita predsednik, a već ga poče interesovati pričanje Ivkovo.

— Jok, more! Ne okanjuje se ta vera! „E, pa da gu pratiš, vika onaj panoramdžija, da igramo, vika, berem *fote*, a fota, vika, mlogo ubava stvar, će' se, vika, naljubiš sas onija ripčiki za jedan dan kol'ko nećeš u sav svoj vek sas ženu i tri svastike!" Pa i onaj budala drta, Kalča onaj pristade uz njeg', pa i on vika: „Prati ni i majku gu Siku, ako se, vika, bojiš za ništo; i sas nju će' da igramo fotu. Će da padne i ona, Sika, malko, berem dveste aršini, u bunar, a ja će da gu sam, zbori Kalča, pa zasukuje mustaći, vadim iz bunar." O, bože, pijani čoveci, što će da im prajiš?! A toj si je onaj pelivan naučija Kalču za *fotu*, zašto otkud pa Kalča da znaje što je fota! Zašto toj ne beše u naš zeman, tija nemački adeti. „Pa će se, vika Kalča, da begenisuju mladenci; u sagašnji adet takoj se, sas tija ficovi i marifetluci, čika, udaje i pa ženi sag. Sramuvanje nema sag veće; sag mu, vika, vospitanje iskača na pazar."

— Pa, onda? — zapita predsednik koji se sve više i više interesovao.

— I sag ostade rabota sal' za toj da mi domaćica iskoči do majku gu Siku ta da gu pituje: E li gu je devojče za davanje, demek za udavanje, i pa devojčence da pituje: e li begenisuje li momka?

— A čija je kuća i familija?

— Iz siromašku kuću, gospodine. Ima si kuću i lojze u Goricu i pa drugo u Gabrovac — jedno lojze dvanaeset, drugo sal' od pet duluma — čair i magare. Tol'ko! Ama ubavo i krotko devojčence. — Toj kad mi reče domaćica — men' mi se kuća obrnu, ete! Em ga nesam ni videja ni pa zvaja, em me iskaraše iz kuću — pa sag jošte iska *ja* da ga ženim!!! More, moja bruka u knjige da se pisuje, bogami ti kazujem, gospodine! Kurtalisuj!

— A čija beše?

— Moja bruka, gospodine.

— Ama ne, nego devojče...

— A, za Jolče bućmedžijsko pituješ? Tatko gu se zvaše Tane, Tane bućmedžija! Napred beše bućmedžija... ta, znaješ kako je! Propade taj zanajat, počeše ljudije a-la-franga da nose, ta i on si propade... a on tag što će da praji, stade si klisarin... Umreja je, će da ima više od šes' godine. Ama dobar i krotak čovek beše, pa si ostade po njega udovica, ta Sika. Kuća gu je tuj blizu do moju, u drugi sokak, Šefteli-sokak što je. Pa toj devojče iskaju, ete, sag da gu dadu za onoga belosvetskoga. Mlogo je merak, zbore si oni, ete na toj devojčence.

— Pa lepa devojka, pa se svakom dopada; a oči su za gledanje...

— A devojčence istin' ubavo.

— E, pa dao mu bog oči, pa zna čovek šta valja; zavoleo je, pa znaš kako je.

— E, može, gospodine, istin' može toj da bude. Devojčence lepo i krotko, kako i majka gu što beše. Od dobru voćku dobar i fidan! imaše jedan turcki reč. A i sag jošte pa je ubava i cvrsta žena.

— A lepa joj bila majka?

— I sag, i sag, gospodine!

— A veliš bila lepa i kao devojka?

— Što misliš, more! Ta što beše jedna lepotinja kad beše devojčence, u moj vek — kad si ja beja' momak za kef — e, prisedniče, neće' mi veruješ — nastavi oduševljeni Ivko, a došao već do predsednikova stola — neće' mi veruješ, do Stambol gu, ete, ne beše jošte jedna potakva da se nameri. A što pa imejaše grlo, ta kada zapoje starovremsku:

Maruš-Mariko, mori, karađozliko,
Kol'ko si mala, tol'ko si znala!
Laga me, laga, dor mi izlaga,
Dor mi izlaga brzoga konja!

Toj kada zapoje s ono njojno pusto grlo — reče Ivko pa nakrivi kapu, koja mu se odnekud našla na glavi — veće ništo polepo ne beše odi toj na svet! Ama kako, ete, sag teb' što gledam, ete tako gu pantim u onoj vreme, u ono njojno malo aleno libade; pa alis kako cvet, kako šareno lálê kad procvati u prôlet. Ona si poje u lojze tam', na kude Agušov kovanl'k, a mi se pa, što smo momci, skutamo u endek kako lisice pri kokošarnik, pa gu serbez slušamo! Mani se! — reče Ivko, pa nakrivi kapu na drugu stranu. — I sag jošte ubavo poje, ama se mlogo sramuje, znaš, udovica je. Ama će da te viknem, ete, jedanput da dođeš pa da gu slušaš, a ona, demek, da ne znaje dek si ti tuj. Eh, ono pojanje ako nesi čuja, pa tag ništo nesi čuja u vek! — reče Ivko, pa sede i prebaci nogu preko noge a skide kapu.

— To sad prvi put čujem.

— A trebešem ja da gu uznem u onoj vreme — reče i ustade sa stolice i nakrivi kapu — ama se, ete, razminu, ta gu uze

Tanča, onaj bućmedžija. A ja pa na Kalču kaskandisuvašem, zašto i on si je bija merak na Siku, a koj ti je čuja i znaja tag pa za Tanču, bućmedžiju! A i majka gu mlogo mrzeše Kalču (s oči da ga ne vidi), pa za men' beše berićat-versun. Ama, ete, znaš kako je u svet... iskoči pa Tanča; ni ja ni pa Kalča, veće Tanča!!! Ta kada veće bi „golem nišan" i narediše rabotu — a tatko gu, ete na ovuja Siku, dođe pri men' da pazari jedan jorgan, da ga maksuz, reče, šijem za mladenci, za njuma i za onoga pa Tanču njojnoga. E, sal' toj, vikam gu ja pa na tatka, neće da dočeka tvoja kerka od men' da gu Ivko pokriva sas alal, kad ne mogaše (kako trebaše) drukče da bidne rabota! Ona se udade za Tanču, a ja si pa tag za inat uzedo' ovoj moju sagašnju domaćicu Kevu. Ete, takoj mu beše rabota.

— He-he — smeje se predsednik — ama ti kao da si u konzistoriji, tako si počeo... ti se zagubi, more; ode, ode... Kraće, brate! Dakle šta tražiž?

— Posmešija sam se, gospodine, dě! U ovuj moju muku, ete, pa ne znavam ni što zborim! — reče Ivko malo postiđen i uze opet onaj stari mizeran i smušen izgled. — Pa, ete, gospodine, ja vikam: je li ovo tursko, arnavutluk li je, što li je! Izbramo te, dek si čovek od red. Zašto i u turcko jošte slavismo (be'mo cvrsti u veru i pa u zakon), pa ovoj čudo i rezil'k ne beše. Pa vikam da mi pomogneš, ta da si ne promenjujem veru sag pod moj staros' i stanem sag pod moj staros' poturnjak, ta Bajram da držim kad mi, ete, slava takoj pomaga!

— He-he! — smeje se predsednik. — Ej, grešni Ivko! E to, što mi reče, ne valja.

— Ič ne valja, gospodine! Za dobro čovek i ne dolazi u Opštinu, veće za zlo! A ja sam si građanin i podajnik, esnaf-čovek; plaćam sto sedamdeset i tri dinara i četrdese' i sedam pare porez i prirez na polovin godinu; u deputaciju ako iskaju da idem, bez men' ne može da se promine, i uvek si idem sa svoj arč. Vojnik sam, služija sam i u stojaćnu vojsku kad beja' u Beograd, i sag sam vojnik u piroteknčku četu; a njeknja mi zapisaše i komoru da davam! Ako, gospodine — da davam, zašto smo Srbija! Da davam i pa još, ako je za državsko; zašto sam, ete, i ja državski! Pa vikam: pravo li je da mi sag batisuju kuću za ništo, za ništo, bre brate! Pa ako ti, vikam, ne možeš, gospodine, a koj će tag da može?! Ti zašto si prisednik?!

— Ništa se ti ne brini, Ivko — reče predsednik svojim blagim glasom, a igra mu usna od zadržana smeha — ne može to tako ostati. Idem ja da... — reče i ustade.

— Nesam džimpir — reče Ivko, prateći ga očima i okrećući se za njim — nesam kockarin, gurbet nesam, gospodine! Čovek sam od red, esnaf-čovek, i tatko mi taj čovek beše; poreska sam glava, i vojnik i odbornik, i za deputacije i za dočeci, i u odbor za trijumfalne kapije bez men' ne može da promine kako ni kolo bez Kokana! E pa biva li od jednoga zajca devet kože da se oderu?! Zašto, gospodine, da dođem ja sag, ete, na ovaj stepen?! Pa vikam, da iskočiš sag ti sam, gospodin-prisedniče, do tamke! Ima li u ovuj zemlju zakon i pa red za onija bezakonici! Da otideš tam' do onuj moju pustinju; zar će da gi bidne sram od teb', pa će da otidnu i men' me kurtalisuju... Stra' me, gospodine, mlogo, će se nađe neki mangup i zaludnjak, pa će me turi u dopis u novine, pa moj sram u svet neće da bidne!!! Aman, gospodine, pomagaj! Eto toj te molim... — završi Ivko, pa se iskašlja malo i povuče s puno respekta i smirenosti uza zid. — Tri Cincarina prevedo' na našu slavu, i jošte petinu mogašem a i tešem da prevedem... ama, ete, sag vidiš kako je... sag dođe vreme, ete, da se i ja pisujem u Cincari...

— E, pa de, de — veli mu predsednik — dosta!... Ne gori ti kuća...

— More, da gore, gospodine, pa kolaj rabota, zašto je sigurirana, ama ovo je jošte pološe, ovaj kardaški zulum i nesreća. Niki me bre ne žali, gospodine! A men' mi duša znajo kako mi je!!!

— Ne brini se ti ništa, idem ja sam glavom. Ti nisi umeo, nisi vešt, a ja ću to sve polako i lepo. Pusti ti mene, a ti ostani malo... nemoj odmah za mnom, nego dođi malo posle, pa da ti lepo moj pisar preda ključeve od prazne kuće.

— Otidni si do kuću mi, pa čuda da vidiš! Iskupiše se deca komšiska i malska pred kuću kako da će panoramu da gledaju. Ne moga' da gi napudim. A bre, deca! Što se skupiste, bre ćopeci! Mečka li igra u avliju eli šebek, reko' gi, ta se iskupiste tuj?! „Neje mečka, zboru si pa oni, ama ništo jošte poubavo odi toj!" E pa što čekate bre, kad neće ništo da bidne?! „Čekamo, zboru si, da se potepaju!" Ajde, glavu da skršite, karam gi ja, toj neće da dočekate! „Pa će' da dočekamo, zboru si, i jučerke trojicu izbaciše na sokak." Sal' to ču, pa si 'fati put! Kurtalisuj! Pa vikam, eli da gi ispudiš iz kuću eli da gi daš tapiju a men' pa da mi dadeš pe-šestinu panduri, ta da se iselim iz onuj pustinju... će da stanem, ete, gurbet po tuđe kuće pod staros' kako činovnik...

— He-he! — smeje se predsednik blago. — Ej grešni Ivko, jesi ti nagraisao. I kako to baš tebe da snađe?!

— Baksuz sam zar!

— A... ono... znaš, ama i ti si ponekad bio prava napast! Milo ti, kad ti drugog nagaraviš, kad mu obesiš tendžeru, a sada: lele i pomagaj! Vidiš, sad ti se vraća. A zar nisi i ti ponekad bio ako ne gori, a ono, vala, isti ovakav.

— Ama da reknem da neje, jes-je, gospodin-prisedniče. Inćar nema; ete priznavam! Ama ovakoj da je bilo — neje, gospodine. Onoj si berem beše šala, ama ovoj je veće bez red, gospodine. Aman!

— Ama to je svršena stvar, dok ja samo odem... ti ne brini ič.

— Pa toj i ja vikam, a ti zašto si prisednik.

— E pa videćemo se, Ivko. Dakle kô što ti rekoh! — umiruje ga predsednik.

— O da dâ Gospod! — veli Ivko.

Predsednik uze palidrvce, i zapali cigaru i pozva pisara da mu ovaj namesti jaku na vrskaputu koji je obukao i da mu naredi da pođe za njim.

— Ama ti si opet docnije došô — veli mu predsednik. — Opet si valjda noćas po svom običaju... gledaj samo kakve su mu oči... Odmah da odeš do berberina da se ošišaš... gledaj ga samo, kolika mu je kosa! Da mi nisi više ovako čupav izišao na oči! Ama, sve bi vas trebalo...

A pisar kicoš s velikom čupavom kosom, jako isečenim prslukom, dole širokim pantalonama i jako šiljastim cipelama sa gornjim bezecom od crvenoga somota koji je goreo kao žeravica ne odgovara i ne pravda se nego mu uslužno dodaje šešir. Ne vredi mu da se pravda, jer vazda budno oko predsednikovo zapazi svakoga đavola. I pisar ne sme da se pravda, jer misli u sebi: „Stari je kurjak ovo, ko zna gde me je video, pa koja fajda;

da me valjda uhvati u laži. Bolje ćutati." Predsednik mu naredi da pođe za njim, a malo poizdalje nek se nađu jedno šest zadružnih pandura, a i tri fijakera nek su u pripravnosti.

— Pa će te molim, gospodin-prisednik, napraji gi ta da iskuse svu strogos' od zakona! — reče Ivko i dodade predsedniku štap onako ponizno i smerno kao što klisar vladici pataricu dodaje. — Da vi dođem, gospodine, na onoj stari stepen.

Ode predsednik, a za njim Ivko u najvećoj smernosti i poniznosti kao čovek koji je izgubio veru u sve, pa se boji da i najmanjim dahom ne utuli i poslednji slabi zračak nade.

Stiže g. predsednik pred kuću i, saslušav tužbu jednoga Ciganina koji je tužio Kalču da ga je tukao obedivši ga pre toga da je i on jedan od onih koji je prodavao knjaževačku pljačku od sedamdeset šeste uđe unutra.

Isti g. predsednik je bio poznat kao jedan slavan drug za društvo. Stari Andalija, kome se kompetentnost mora priznati, pričao je posle jednog „veselja" da takvu napast još nije video za četrdeset i nekoliko godina svoga sviranja. Dušu je dao za jedno dobro srpsko društvo u kome ide sve onako, bez ustezanja i ustručavanja. Bio je to stari joldaš i ašik, o čijim se veseljima rado pričalo i još radije slušalo. Za njega pričaju da je pređe kao „sreski" bio sila i nosio na zlatnim mamuzama kao žvrkove dva napoleona. Znali su se dobro, pa zato i nije nikakvo čudo, što ga onako radosno dočekaše ljudi koji su, iako pijani, ipak imali malo i respekta od vlasti.

— Ooo! — povika Kalča koji ga prvi i opazi. — Zdravoživo, gospodine! More, ćoravi li ste, eli niste okati, ta ne vidoste koj ni dođe?!

Tvrdo rešen da ih lepim ili silom ukloni, g. predsednik ostade i dalje zvaničan i hladan.

— A vide li, gospodin-prisedniče, što napraji onaj zver sas nas? — reče Kalča, jer ga g. predsednik svojom zvaničnošću poli kao hladnom vodom.

— Koji onaj? — zapita g. predsednik i javi im se učtivo, a gleda po avliji.

— Pa, domaćin naš, pobratim Ivko, gospodine predsedniče — veli Kurjak. — Izvoľte, sedite... A mi... malo svratili... kô ljudi.

— More, ima davu da ti činimo, da ti se tužimo bez marku, na onoga sankim domaćina. Mlogo loš čovek, gospodin-prisedniče, pa ni lošo i napraji. Pcetište! Ovako li se slavi slava i drustvo dočekuje jedanput u godinu, bre brate?! Ostadosmo sami u kuću kao siročiki bez tatka, kako piličiki, gospodine, kad gi kobac ufati majku!

— E pa, Kalča, znaš kako je... i vi opet...

— Toj li je red, gospodine?! A živuvasmo alis kako braća od jednu majku... Pazešem ga i volešem pobolje od onoga mojega Čapu! — jada se Kalča, kome se steglo oko srca, pa postao liričan; dalo mu se nažao, pa mu udarile suze. — Toj li je red, gospodin-prisedniče!?

— Pa nije ni to — to ne velim; aľ opet ni zulum neće da trpi čovek! — veli predsednik.

— „Zulum!” Ajde pa i ti sag, gospodine, kako zboriš! Sve beše ubavo i čoveški. „Zulum” vikaš? E pa de, ko je poginuja od ovaj naš zulum, kaži si ti, de? Ti si čovek jedan, što se kaže, knjižovnjak, razbiraš se u knjige i u pismo, i u protokoli i arhivu, i tija bagateli. Koj poginu dě odi taj naš zulum, majke?! A njega pa ako slušaš što ne kleveti — ono trebe da je Kosovo bilo ovden! U ovej godine, rutav čovek, ta da si sag u moj staros' plačem. Toj li je pa red?! — završi Kalča vrlo žalostivno.

— E pa ja znam da si ti, Kalča, advokat! Ama nije opet red ni da mu vi opet tako nabijete ognjište — reče predsednik, okrećući se i gledajući po avliji onaj vašar, pa se zaustavi na obešenim jagnjećim kožama. — Nije ni to red!

— Neje, gospodine; da kažem da je red, neje pa ni toj red. I ja si toj vikam; ama komu da ga kazujem?! — pravda se Kalča iskreno.

— A jesu l' vam to jagnjeće kože od ove slave?

— Jeste, gospodine. Veće nam se dojede pilećo, pa promenismo na jagnjećo; pa beše tuj još neko drustvo, te gi poručasmo sas drustvo.

— A pošto su sad kože?

— Šes' groša, sedam groša... sprama jagnje, gospodine... — daje ponizni i uslužni Kalča podatke. — Dve dadomo na Kurjaka, zašto gi je on i zaklaja, pa red si je takav; a jedna pa za men' će ostane, zašto mu ja beja' pomagač, parakuvar, a on beše stareji aščija.

— A što to peče onaj? Jagnje, a?

— Jagnje, gospodine, đurđovsko jagnje; a od njeg' poslatka mandža nema na svet!

— Izvol'te zaponac, gospodine predsedniče — reče Kurjak. — Kalča, daj stolicu!

— Fala, fala! Zaponac ću uzeti, al' sesti neću, nego ovako stojeći. Zaponac i jeste da se s nogu ovako jede. A, posle, ja nisam došao ovamo da se častim — (kad je trebalo, bio sam) — ja ovamo dolazim upravo po zvaničnoj dužnosti, kao...

— A mi ćemo sad malo da se prihvatimo — veli Smuk, izlazeći iz podruma sa punim rukama — da ručamo. Ručali su već, što kažu, i koji su goveda pogubili. Evo i vina. Pobratime, isperi ove čaše — reče Smuk onom novajliji.

— Ela izvol'te, gospodin-prisedniče, malo vince. Ama je vince, vidi, vidi! I Turčin — pa veru si da batali zaradi toj vino, takvo je!

— Fala, Kalča.

— Ama vino antika; od ćurlinsko lojze, trogodišnjak. Da si bacimo, gospodine, u kljun po jedno vince.

— Ajd' baš mogu, al' samo jednu čašicu.

— He-he! — služi ga zadovoljno Kalča. — Kol'ko miluješ, gospodine, a kod nas zor nema.

— Ama kako to radiš! Gledaj ga samo! Ala si mi i ti neki aščija! — reče predsednik, gledajući Kurjaka kako seče pečenu jagnjetinu.

— A sve si vika, gospodine — veli Kalča — da najbolje znaje.

— Kako to sečeš, to ne valja ništa!

— Ne valja, gospodine — veli Kalča.

— Ono ako ćeš baš pravo, jagnje i ne treba da se tranžira, nego se iznese onako celo na siniji, kô što Turci rade.

— E, ne l' i ja toj zborim?! A oni mi vikaju: ti, Kalčo, da si ćutiš; ti si majstor salte za zajci i za srndaki. A sag pogle kako i prisednik na moj pamet zbori!

— Da si mene pitao — veli predsednik — ja ti, vala, ne bi' dao ni da sečeš. Jagnje se živo kolje i seče a čim je pečeno, odmah nož za silav pa prstima, kô što je bog rekao. Jagnje pečeno, upamti to, najlepše je i ne seći ga, nego ga onako cela izneti na siniji, pa onda skrstiti noge, pa, onako po turski, prstima skidati sa kostiju. Tako se to radi. Pa onda ne znaš šta je dosta: toliko je to slatko! Al' kad si već počô, onda daj bar meni taj nož, da ja to...

— Nož, podaj nož! — viknuše svi i poleteše uslužno.

— Eh, sam te Gospod donese pri nas — veli zadovoljni Kalča — a bez teb' ćaše da bude jeksik ovoj naše drustvo!

— Ovako, vidiš, ovako se to seče, ovako. A kako si ti počeo... — pa brže prisloni tanjire uz vatru, da se malko ugreju — ako ćete, to jest, vruće pečenje da jedete, onda se tako radi, a ne na hladan tanjir metnuti, pa da se odmah slojani! A ako volite hladno pečenje, onda je druga stvar. Što se mene tiče, ja volim i jedno i drugo. A kad hoćete vruće, tanjir treba da je malo ugrejan...

— Bože — veli Kalča, sav srećan, polako — učevnjak čovek što je, pa u svašto se razbira!

— Tako... daj sad amo te tanjire od vatre. E, probaj sad da jedeš!

— Eh, puste čkolje i pusti moj mlados' kude je! — viknu Kalča.

— A lako je nataći samo na ražanj pa ispeći; ništa lakše od toga. Ali treba majstorije da se iseče. Ajde, pa vi sad jedite... a ja ću meni uzeti samo onaj bubreg s lojem. Daj stolicu.

— Stolicu! — viknu Kalča i dodade mu svoju malu tronogu stoličicu... — E li iskate iz sobu jednu i jedan jast'k?

— Batali, dobro je i ovako! — veli predsednik. — Oho-ho!

Ala se omiče, sve se topi i loj i bubreg. Ded' to ćurlinsko. Je l' ćurlinsko to vino beše? Da ti mene nešto ne lažeš?

— Ćurlinsko, gospodine — veli Kalča — ič ne beri brigu, zar teb' će' da te l'žemo! Sve mu je lojze u Ćurline.

— Onda sipaj!

Sipaju, kucaju se, nazdravljaju i piju.

— Slavu slavili, slavu dočekivali, gospodin-prisedniče — nazdravlja Kurjak. — Kako ja vas danas u mojoj kući kako mogu, tako vi mene, ako bog da, drugi put u vašoj kući dočekivali kako mogli, a, daj bože, i kako hteli!

Piju i izvrću sve čaše, tako da dance bude gore a usta čaše dole.

— Dobro vino! — veli predsednik. — Ded' još malo rebarca. Tako. Pa onda da se lepo raziđemo, pa i ja s vama i vi sa mnom da budete zadovoljni, a najviše da bude našem Ivku milo.

— Što je kuče, vide li, gospodine, pa nema ga! A pogle ovakoj drustvo! Ovako jedenje i pijenje i ne 'tede — što je pčeška sorta! — ne 'tede da ostane! — veli Kalča.

— Ala se topi! Oho-ho! — veli predsednik, uzimajući rebro. — Gledaj, Kalča. Ovako se to jede! Eh, kad ne umeš da jedeš.

— I ovo! — rekoše tri kardaša i svaki mu izabra i metnu u tanjir ono što sam najviše voli.

— I rep znam da volite! — reče jedan, pa mu metu u tanjir.

— I glavu, gospodin-prisedniče — veli Kalča. — Ne li ste glavešina na grad i na nas svija i tuj što smo i tam' pa napolje po grad. Pa vikam: „Glavu pred glavu!" Takoj si je red jošte od staro vreme.

— Izvolite, gospodine predsedniče, ćurlinskoga nektara. Nećete mi valjda dati korpu! — veli onaj i priđe uslužno i graciozno da mu natoči.

— A, fala, fala! A odakle beste vi? — reče predsednik novajliji. — A ko vam je ovo? — zapita polako Kalču. — Odakle beste?

— A koj ga znaje! — veli Kalča. — Trebe da je neki naš čovek. Dođe si u kuću kako nekoj mače od sokak kad ulegne u kuću, pa se pripitomi tuj; pa sag veće i ne izlazi. Stadosmo i pobratimi.

— Čast mi je predstaviti vam se — reče onaj, zakopčavajući kaput i izvlačeći manžetne — Svetislav N, pređe kao član pozorišta, skroman i predani služilac u hramu boginje Talije, a zatim otpušteni opštinski pisar, žrtva obesti sadanjega režima, koji je uzalud iščekivao moju potporu... kao član putujućeg društva počeo sam kao statista sa ciglo nekoliko ovih reči: „Milost, Lezirk je nevin!" a docnije sam igrao Jovana u *Nizu bisera* i Hajnriha u *Lavorici i prosjačkom štapu*, nagrađen burnim aplauzom do ludila ushićene publike koja me obožavaše. Igrao sam karaktere, to mi je fah... posvetio sam se bio životu koji znači svet na daskama, to mi je bio ideal, cilj i svrha moga toli burnoga koli bednoga života...

— Aha, sećam se, pisali su mi iz Beograda za vas.

— Pa sam došao... A uverićete se iz mojih konduita, koje su sve ovde pri meni... — reče i izvadi čitavu fasciklu nekih hartija.

— Dobro, dobro... to za posle. Ovde sam samo privatan čovek u krugu prijatelja.

— Imam oprobano pero... moj koncepat nije nikako

popravljan; odmah ga i prepisujem. Imam baš, čini mi se, ovde nekoliko koncepata pri sebi, ako želite...

— Želim ti, brate, dobar apetit — reče predsednik i metnu mu u tanjir jedan komad pečenja. Eto to je dobro. Eh, kad ne znaš šta valja!

— O gospodine predsedniče, vaša ljubaznost... vaša gotovost... kako samo da vam se odužim!...

— Batali, more, to, pa ćuti i jedi tu. Vidiš da nisam... da sam danas privatan čovek, a sutra kad budem u zvanju, zvaničan... — veli predsednik, pa se tek najedared trže — setio se da je došao kao vlast, pa nastavi: — To jest, ja sam i sada vlast, al' sam u drugom poslu. Ljudi, šalu na stranu, fala na časti, na vinu i na mezeluku, al' ja mislim, da je već krajnje vreme da mi ostavimo ovoga čoveka, ovoga našega grešnoga Ivka. A zato sam i svratio, put me naneo. Išô sam ovuda, pa čuo neki džumbus, pa daj, velim, da vidim...

— Čuja si džumbus, pa vikaš ovo trebe da su neki moji čoveci, drustvo; e fala, te se za nas pa priseti. A kud će pa da bidne kolo bez Kokana, ta i vi bez nas. Zdravljica, prisedniče! — veli mu veseli Kalča, a nakrivio kapu. — Ako, ako! Nisi ni pogrešija, ni ti s nas, ni mi pa s tebe.

— ...Pa reko', hajd' baš da svratim i da vidim šta rade oni tamo, pa sam kazao Dživgaru da spremi fijakere, pa da se lepo posadimo, pa onda lepo odavde kući... il' u Banju... dobro je malo, radi...

— Zaradi vozduh! — veli Kalča. — Eh, što je čovek učevnjak, knjižovan...

— Jeste, da se malo izluftirate, to je zdravo.

— Prima se! Da idemo! — veli Svetislav.

— Ama pa lepo, da si idemo, lepo, pa će' si idemo! I ja si toj vikam od jučerke jošte. Tike vikam — veli Kalča — biva li, eli je red pa trgovački da si idemo, a ni „sas zdravje" da ne reknemo na našoga dobroga Ivka, na domaćina, ete?

— A proševina?! — spomenu Svetislav.

— Kakva proševina? — pita predsednik.

— Hej, hej! Pa taj si je rabota veće svršena... 'Oće da ga ženimo...

— Koga? — pita predsednik.

— Pa valjda neće Kurjaka! Tike može i njeg' udovac je...

— A zašto opet kâ da ne bi moglo! — reče Kurjak, rebreći se malo i sučući brkove.

— 'Oće da ga ženimo, ovoga pobratima. Takoj li je, kume? — pita Kalča Svetislava i udara ga po ramenu. — Jučerke me okumija. Zdravljica! Kume, da pijemo! Kuče nijedno, ela da se poljubimo.

— Haj'te, ljudi, haj'te; ovo je sad najhitnije, a za ono ima vremena! — veli predsednik.

— Ivčo bre! — razdera se Kalča koliko ga grlo donosi. — Ivčo bre, poskoro da dođeš!

— Što se dereš kâ skeledžija? Preseče me, kol'ko se razdera! — viknu na nj predsednik.

— Vikam ga i okem ete za toj, da se demek, alalimo kako ljudi, trgovački... nesmo jedne keramidžije...

— More, Kalča! Nemoj bar ti da se praviš lud. Davno se batalio red ovde.

— Odamno, gospodine, i ja vikam toj, jošte otkako ne ono kuče ostavi pa pobeže; ama vikam, zar da smo i mi kako on?! — veli Kalča.

— A zar je red — veli Kurjak — da nas i on ostavi onako same!

— E, pa nemoj tako, Mito — reče predsednik onako meko i blago Kurjaku — ti si bar čovek pametan, pa što onda tako govoriš? A kako bi, eto reci po duši, tebi bilo, da ti on dođe na tvoju slavu?

— A zar je jedared zaseo? A posle ja to jedva i čekam, i molim boga! A što? Što da mi ne dođe! Bože zdravlja... Nije daleko... eto preksutra, pa izvol'te i vi, gospodine predsedniče. Pa ćete videti kako ja dočekujem i služim goste; onako starinski, kao silni car Stepan... sve stojim. Jàkako. A ja još i nemam domaćicu kâ on. Još malo, eto prekosutra je slava, pa živi bili...

— A šta je preksutra?

— Pa razume se Markovdan, moja slava, od starine...

— He-he — smeje se predsednik — šta se tu razume! A za koju godinu, za ovu?

— Za ovu, za ovu!

— He-he. Nazdravlje ti pamet! Ove ga godine, vala, nećeš slaviti, a dogodine možeš. Pa, bolan brajko, a znaš li šta je danas?! Pa *danas* je Markovdan.

— Danas? — pita Kurjak.

— Danas, i to celoga dana! A sad je četiri sata po podne.

— Ta batal'te, gospodine predsedniče... ne znam ja kad mi je slava! Toliko godine slavio zajedno s ocem, i posle kad sam se odvojio sam, i kao udovac... pa da ne znam ja kad je Markovdan. Treći dan po Đurđevdanu.

— Pa? Je l' prekjuče bio Đurđevdan?

— Jok! danas je! juče je! — viču, dok se naposletku jedva jednom ne obaveste da je juče bio Đurđevdan.

— A ne, ne! Gospodin predsednik ima pravo. Juče je gospođica Jola otišla i nisam je više video, a ona je dan i po posluživala.

— E, pa sag dě! Vija ste mužije učevnjaci i knjižovni, a mija smo jedni prostaci. Kako ti reče, prisedniče, taj dan će da bidne. Poslednji si gost u drustvo, da ti ne kvarimo kef, ete! — veli Kalča. — Peki, peki!

— E, pa neću da je „peki", nego: Je l' prekjuče bio Đurđevdan, je l' juče bila patarica, e je l' danas onda Markovdan?! Ako ne veruješ, iziđi da vidiš kako juri svet u Panteleja... a i na Sv. Marka slavi crkva!

Tablo.

— E pa, pobratime, Mitančo — diže se Kalča s punom čašom — pa srećna ti slava! U zdravje da gu dočekuješ! I mi da ti dolazimo i ti pa da ne dočekuješ i ispraćaš, a ne kako onoj kuče Ivko što uradi.

Svi mu čestitaju slavu, ljube se, piju i opet se ljube.

— Dobro ste mi došli! — veli Kurjak jedva jednom uveren i on. — Izvol'te, sedite.

Svi posedaju, Kurjak stoji i služi.

— Gospodin-prisedniče — veli Kalča veselo — a vide li sag pa ovoj čudo: slava na našega Mitanču. Kurjačka što je slava, pa u tuđu kuću gu slavi! Bože moj! Svašto u ovaj svet!

Te se reči kao kosnuše Kurjaka, jer on se uozbilji i kao rastuži malo; a začudo da je i juče već bio nešto drukčiji. Većinom je ćutao, rebrio se sedeći onako; gledao, sukao i izvlačio brkove.

— E, kad je tako — reče predsednik i pruži đurovaču da mu se natoči — onda je što drugo; stvar je onda u drugom sostojaniju. Pa što mi to odmah ne kazaste! E onda uzimam reč natrag! — pa ispi čašu. — Svetislave, na, meti ovaj šešir tamo da mi ne smeta.

— Bož'ke kako se pa onoj ubavo složilo. A prođe Ivkova slava, a eto si stiza pa Kurjakova! — veli Kalča.

— A jadna ti slava bez svirača! — veli Smuk.

— Veselo, gospodine predsedniče! — veli Kurjak.

— Ama nešto mi gluva ova slava! — veli predsednik.

— Kako da nije! — veli Smuk. — Nema Cigana.

— Be'u jedni otoičke, ama gi napudimo zašto su lopovi. Oni kupovaše i donosiše pljačku aleksinačku i knjaževačku u turcko vreme kad beše rat. Rekaja sam jošte kad pade Niš i zastupi Srbija, da ću gi bijem gde gi nađem i dor gi vidim; pa si toj i radim, veru gi firaunsku čađavu! Faćam račun; jošte tri iska, pa da gi bidne ramno stotinka.

— Ama gluvo mi bez Cigana! — veli predsednik. — Kud je bila slava bez Cigana!

— Gluvo, gospodine.

— Čuješ, kume Svetislave!

— Ja... o molim... izvolite! — veli Svetislav.

— Dakle, kao što ti reko', ja ću da ti budem kum, Kurjak starojko, a Kalča nek' ti bude mesto oca. A, Kalča, pristaješ li?

— Sve si kabulim... — veli Kalča.

— O kakva čast! Stvar prešla u jače ruke... Dakle ima nade! Dalje od mene onda misli o samoubistvu! „O Marijola, lepotice krasna, sliko divna raja nebeskoga! Ne smem čisto da pogledam u te, divnom blesku svetla lica tvoga. Al' vrati se, o pogledaj, stani, mog života već se gase dani!" — završi deklamaciju ovaj Julije Flotvel iz putujućega društva.

A Kalča ne skida očiju s njega, nego ga sluša i gura jednako Smuka, da ga i ovaj sluša.

— More, kume, ti me zbuni s tom tvojom fantazijom... Dakle, šta ono htedo' reći...

— Za Cigani beše razgovor! — veli Kalča.

— A, da, dakle, kume i ćato... sutra napiši priznanicu na pola plate...

— Čujem, gospodine kume; a na koliko, molim?

— Na pola plate, četrdeset i osam dinara, od petnaestoga do kraja ovoga meseca, na ime plate pisara ovo-opštinskog, a plata ti je devedeset i šest dinara zasad.

— Hvala, gospodine kuma-predsedniče i jedini pravi prijatelju i dobrotvore.

— Uha, šta ti sve nakaziva tu! Rekni: *kume* — dosta je.

— Hvala, kume. Dakle, kume, šta ste mi hteli narediti? Gde *kum* okom, tu *kum* skokom!

— Lele majke, što će da ni procavti Opština sas ovakoga pisara!!! — veli Kalča, smejući se.

— Dakle, kume, otidi onom mom pisaru pred kućom tu što stoji i kaži mu, neka odmah pošlje svih šest pandura u svih šest ciganskih mahala — a i kod Panteleja nek' idu, ako po malama ne nađu, pa nek' dovedu svirače.

— Koliko?

— Kol'ko ih nađu.

— Ama, vikam — veli Kalča — neće može bit' da dođu; i njim gi je slava.

— More! Čudne mi slave! Ciganska slava. Šta neće da dođu?! Kaži da predsednik zove. Hajde sad... Čuješ... hej, stani... Naredi tamo i za prangije!

— I čočeci nek' dovedu! — predloži Kalča.

— I njih, i sve. Znaju oni Kurjaka; zar su mu malo svirali Mekam i Zejbečku igru.

— More, ne znaju oni predsednikov bakšiš! — veli Smuk.

— E, pa srećna slava! Srećno viđenje! Ove godine kako možeš, a dogodine kako hoćeš. Pa da bog da s domaćicom — veli mu predsednik. — Ako si Kurjak, ne moraš biti kurjak.

Kucaju se i piju.

— Sedi, Mito — reče predsednik Kurjaku. — Što si zamišljen? Šta ti je?

A Kurjak samo sedi i ćuti. Suče brkove, vuče brk i gleda niz nos, kao čovek koji oseća svoju vrednost i nameran je da je pusti u saobraćaj.

— Istin', što ti je pa teb'? Ništo si mlogo žalan, pobratime!

— Eto tako. Ništa! Mislim nešto! Eto otkad je naše drustvo, pa se ne setiste mene da ženite i da mi predsednik bude kum! A ovaj, evo, došao juče, pa mu već nađoste i devojku i kuma i starojka i sve! E, zato me je baš mnogo žao!... To... to ja i umreću a zaboraviti neću!

— Pa, molim te, pobratime, a kad si nam ti rekô da 'oćeš...

— ...Nego da ja dočekam — nastavlja zbilja ožalošćen Kurjak — moju slavu bez domaćice, i još u tuđoj kući! E zato mene bole srce! To je meni jedna žalost velika!

— More batali to sad. A popravićemo to lako, samo ako ti hoćeš! Nego da pijemo. Samo ako ti hoćeš!

— More, kako da neću ono što je dobro.

— Hajd', batali ti to sad! Sad će nam i Cigani doći.

Nema sumnje Kurjaku se dosadio udovački bećarski život, a dirnulo ga i to valjda što je dočekao slavu u tuđoj kući. I on se opet izgubi u mislima. Samo je gladio brke, pućio obraze, nadimao grudi, kao što već to čine zaljubljeni udovci, i malo je govorio, a nije se raspoložio ni kad su stigli svirači.

Posle pola sahata stigoše svirači.

Ivko je sedeo dotle u kafanici i poručivao kafe i primao izveštaje, koji su ga potpuno umirili, jer je čuo da je vlast stigla već na mesto nereda. Pošao je umiren i pun nade; ali što se bliže kući primicaše, sve ga više neki strah obuzimaše. Ostavio je kuću u priličnoj tišini, a sad izdaleka prolamaše mu uši jedan užasan urnebes! „Jakaša, jaraša!" ču se iz avlije glas Ciganaka i zurle Ameta zurlaša.

— Lele, majke, što će baš da propadnem! Što će ovoj sas mene na kraj da bidne! — reče, pa polete kroz svet u avliju, kao čovek koji je do maločas bezbrižno sedeo u društvu, pa mu iznenada jave: da mu se kuća zapalila. Tu stade na onom demarkacionom ćošku od kuće, pa gleda i sluša sve. Unutra već samo kako se zamisliti može! Kako te najgore mrzi. Jedna vika, jedna svirka, jedno pucanje i podvriskivanje jedno, pa se do neba čuje! Zatekao je šest ciganskih družina. Sve udarilo u svirke i davorije, u ćemaneta, zurle i bubnjeve, a čočeci u besnu igru. Ciče sitna ćemaneta, pište zurle, a glas im se razleže čak do Vinika, trese se kuća i sokak od bubnjeva, zveče dahireta, podzveckuju čampare na rukama čočeka. Igra čoček i pravi krugove i šiba svojim dugim kurjucima po zraku i trese graciozno celim svojim simetričnim telom, a Kalča se izvalio na jedno jastuče, zažmirio sladostrasno kao mačak, pa viknuv: „Ahaaa, čičino malecno!" ispali pušku uvis i otera radoznale vrapce čak u devetu mahalu. „Svirite moj žalos', veru vi firaunsku čađavu čočešku!" dere se Kalča i obećava lagir-papuče garavom čočeku Kara-Biberu, zbog koje se počešće po kafanama dešavaju tuče između vojske i civila i ima razbijenih glava i slubljenih šešira, pokrhanih stolica i tesaka bez kanija u kafani i kanija bez tesaka u kasarni. „Ćiti, ćiti, Ružo!" dere se Kalča.

Trese se kuća veseloga Ivka, jorgandžije.

Stao domaćin, pa gleda i sluša čudo. „Što je ovoj, bre brate! Pomaga li što tapija?" reče u sebi. Verovao je svojim ušima, još sa sokaka čujući kako mu se sve trese od svirke i pesme vesela kuća njegova, ali očima svojim nije mogao da veruje ni sad, na licu mesta, usred avlije! Zanemeo i stao. I da je to bio čovek koji afektira, nema sumnje da bi najprirodnije i najzgodnije bilo za nj da padne u nesvest; — ali pošto kao čovek jake i snažne građe nije znao šta su to živci, a još manje slabi živci, nije znao naravno ni padati u nesvest, nego je samo zinuo od čuda, pa stoji nasred avlije. Ostavio još i kojekako mirnu kuću, a sad zatekao čitav vašar kao u paklu, i to još u prisustvu opštinskih služitelja, na čiju je pomoć apelovao! Oni su revnosno prali čaše i spremali „beštek" i „escajg"!!!

— Breee! Zar tol'ko Cigani gi ima u ovaj grad?! — viknu Ivko, kome ništa pametnije u ovaj mah ne pade na pamet nego to. Zaboravio na svoju nesreću, pa se čudi tome. Stade gledati i meriti u Cigane i pandure koji rade i uređuju sloške kao da su baš u svojoj kući.

— A, za toj li ve je poslaja prisednik, nesreće pandurske! — viknu Ivko, misleći da su panduri (kao siroti ljudi) potkupljeni.

— Mi si sal' slušamo zapoves' — reče jedan sa zasukanim

rukavima, razgledajući opranu čašu, a Ivka i ne gledajući. —
Što pa *nas* reziliš, kad su tuj naši stareji?!

— Kakvi stareji! A, će se nađem ja s prisednika, pa će ga
pitam, kakvi ima pandurini! Kud su stareji? — pita Ivko, ne
videći ništa drugo do same Cigane. Prvi put mu pade na pamet,
pa se zapita: otkud u varoši toliko Cigana! „Pogle, molim te!"
reče Ivko u sebi. I doista sam Ciganin pritiskao avliju, pa da,
što pevaju, jaje baciš od gore, ne bi palo na kaldrmu već na
dobra Ciganina ili još bolju Ciganku. A nije ni čudo. Panduri
su svi, koliko ih je bilo, tačno izvršili naredbu. Svaki je pandur
doveo po jedne svirače; šest pandura, šest družina ciganskih
beše došlo. Stoje u polukrug sa svima mogućim muzičkim in-
strumentima kulturnoga Zapada i čarobnoga Istoka. Oni kao
polukrug, usred njih kardaši, usred kardaša sedi glavom on,
predsednik; a vlast, bolan brate! Pao u sevdah, pa onako ćefli
lepi dinare i stoparce po čelu i obrazima najmlađeg i najlepšeg
čočeka Ajše i obećava joj stambol-papuče! Grešni Ivko kad
vide to, a on stao pa se skamenio, i stoji ne drukče nego kao
jedan veliki u salonski kaput i svileni prsluk sa cvetićima u
saksijama obučen znak pitanja ili divljenja.

Dugo je ćutao, jer ne može ni očima da veruje, a još manje
da gukne! Vlast, bolan brate, otišla da ga zaštiti, pa se i ona
sablaznila i nju je ona trodnevna epidemija zarazila! I nju je
zanela i ponela struja ovoga bujnoga veselja. Pa šta je onda
stalno i solidno u ovoj zemlji? — mislio je Ivko.

— Nazdravlje ti pita, domaćine! — guknu Ivko. — U
ovuj zemlju veće nema ni red ni pa zakon! Propado' ja sa sve
prisednika!

— Ivko!

— Pobratime!

— Ćopek!

Graknuše odande u jedan mah kad ga spaziše, a prangija riknu silno i posu zemljom nesrećnoga Ivka po glavi, po kaputu i po svilenom prsluku sa cvetićima u saksijicama.

— Svirajte: „Što te nema, što te nema, dragi, da mi dođeš?” — viče Kurjak.

— Jok jok, svirite: „Pobratime, pobratime, ete, da se ne varamo!” — viče Kalča.

Cigani sviraju i pevaju i jedno i drugo u isti mah.

Ivko stao nasred avlije, pa se podbočio kao onaj kome se polome kola na pola puta od sela u varoš — stao pa gleda blesasto. Pade mu na pamet prekjučerašnja gužva ciganska, pa reče u sebi: „Sas Cigani poče, sas Cigani će mi se i svrši slava! Ja si dočeka u moju avliju „cigansko carstvo”!”

— Poskoro ovam’, kuče nijedno — viče Kalča. — A, teb’te nikud nema! A znaš li, jagurido, dek je danas slava na našoga Kurjaka?! Ne znaješ, je li, nesrećo pobratimska!

— Ovamo, pobratime — ustade Kurjak i priđe mu. — Danas mi je slava, Sveti Marko. Žalost, pobratime, koje sam ja dočekô od tebe, kao od jednog boljega od rođenoga brata, da se ti mene ne setiš, nego da ja moram da ti napomenem.

— E, pa srećno — utanji Ivko — dogodine pobolje kod tvoju kuću da gu dočekuješ i ispraćuješ!

Poljube se.

— Stavrijo, more, čašku za Ivka. Dobismo novoga gosta. Sedi si, Ivčo! — veli Kalča.

Kucaju se i piju. Ivko seda.

— E, a što je pa sag ovoj, gospodin-prisedniče? — reče prekorno Ivko.

— Ne možeš bre bez nas, priznaj, kuče nijedno! — veli mu zadovoljno Kalča. — Skita se, skita, pa se vrnu pri nas u staro drustvo, kuče!

Nasmeja se Ivko malo gorko, pa se predade sudbini i baci kapu na travu.

— Eto vidiš, kako sad ide sve lepo i mirno. Sediš tu, a niko ti ne kaže ni: potamo se! Treba lepo. Dobar si majstor, al' s ljudima ne umeš — veli mu predsednik, gustiozno jedući jedno rebarce. — To treba polako, pa to posle sve ide svojim putem, kao namazano. Ti samo uživaj!

— E jes', gospodine. Da uživam, gospodin-prisedniče! Kalča me isprati sas pušku, a ti me pa sag sas prangije dočeka! Fala vi kako na brata — reče učtivo Ivko, a u sebi se pita: „Šta li to, bože, ide sve tako lepo i namazano?"

— Dede još po jednu! Najpre tavan jagnjetine, pa tavan vina, pa onda tavan kafe, pa ništa lepše! Eto tako... sad još ovo da ispijemo, tu što vidiš, a posle ćemo svi lepo da se dignemo, pa pravo tamo! Al' onda treba i ti da nam pomogneš, jer i tvoje se kože to tiče.

— Što da prajim, gospodine? Sve će da činim, salte kazuj — veli Ivko, pa mu se primače stolicom.

— Pa ti eto vidiš, kakvi su ovo zli podanici. Vidiš da ovaj svaki ima tri srca kao Musa Kesedžija. Vidiš da su tek sad ćefli, što su pronašli Mitinu slavu! Pa ti mislio da će već da svrše, a oni tek sad počinju! Hoće slavski kolač da poruče.

— Kako, more, da ne vidim! Oči mi obeleše gledajući bruku. Nego kurtalisuj, aman!

— E pa lepo, ima leka.

— Ima veliš! O da dâ Gospod!

— Eto vidiš ovoga ovde Svetislava. To je naš pisar: dobio je danas službu. I ti si mi kazao, a i od njega sam samog maločas čuo, da je begenisao onu jučerašnju devojčicu...

— Marijolu Taninu? Jeste, gospodine.

— E, pa vidiš. Pa sad biraj! Il' voliš da ih skineš sad odmah s vrata, il' da ti još tri dana prave ludorije po kući. Od tebe sve zavisi, više nego od mene.

— Nauči me, gospodine, ela...

— Pa da ode tvoja žena, gospoja Keva, majci devojčinoj...

— Aa, pri Siku?

— Jeste, da ode, pa da je pita: hoće l' udati dete. Je l' joj je za udavanje; a mi imamo, reci, momka na ženidbu. Nek' kaže, da nije rđava prilika... a znaš... ko ga zna, može posle doći neki još gori. A ovome bar znam familiju. Od dobre je familije, za to neka se ne brine, a ima i masu, to ja znam i jamčim.

— E, lepo... će reknem: prisednik ga znaje kako i seb' što poznava...

— Pa ako može biti što od toga posla, a mi da im dođemo odmah ovako svi u proševinu — a evo tu su i Cigani. Živa zgoda, sve kô naručeno. On mlad, lep, od dobre familije, taman prilika; a ona lepa...

— Lepa, gospodine, kako gugutka, kako i majka gu Sika, a majka gu pa što beše...

— Ee, de... kazivô si mi već! — prekide ga predsednik. — Dakle ako može, a mi onda večeras lepo sve da svršimo, a na Duhove može svadba da bude. Dakle, hoćeš li?

— Kako da neću, gospodine! — veli Ivko.

— E pa, Svetislave, domaćin će da ide. Dakle, Ivko, hajd' brže, a kaži im da se devojka momku prosto dopada! Kaži da je zato i ostao tri dana kod tebe, što mu se žestoko dopala...

— Rekni gu — dodaje Kalča — žestoko mu pamet pomerila vaše Jolče, pa si je sag kako brljiv bez njuma! Ošašaveja je...

— Da, gospodine, a i šta bi mi bio život bez nje! Samo jedan sumoran dan, maglovit, oblačan dan; dan bez sunca, nebo bez pavedrine, bez toplih zraka sunčanih. Što je cvet bez toplih zraka sunčanih, to sam ja bez nje! O, gospodine, kad biste znali! Kad biste znali i osećali što ove lomne i izmučene grudi osećaju u ovaj mah! Ah, gospodine! — reče Svetislav, a opustio ruke i razarusio kosu, pa izgleda kao onaj koga iz kafane izbace.

— Pogle ga sal' što zbori! — veli Kalča polako i gurka Smuka. — Jă ga što je brljiv! Ih, što je fantazija, majka mu stara!

— O, gospodine predsedniče! Da li ćete mi moći verovati?!... Ali ne... i vi ste bili mladi, i vaša je krv negda bujnije ključala, srce jače bilo, i vi se više kretali po uzvišenim predelima ideala! I vi ste jamačno imali jedno stvorenje, koje ne biste dali ni za sva carstva ovoga prostranoga sveta; za čijim ste pogledom čeznuli, za čijim glasom uzdisali, za čije biste jedno „ljubim te, ljubim" dali sve blaženstvo duše svoje! — A ona, meni... ah, koli mi je draga ona!

— Breeeee — oteže Kalča — pa ovo more bilo ludo!!!

— More, ne lupaj tu koješta — oseče se predsednik na Svetislava, koji je još jednako onako čupav stajao i deklamovao bez suflera — nit' mi odugovlači tu stvar, kad vidiš da radim za tebe!... Dakle... ovaj... tako kaži, neka kaže tamo gospoja

Keva: da je momak rad da se ženi, a devojka mu se dopala. On ima nešto mase, a dobiće službu, pa ne traži ništa; što kažu, pristaje i u jednoj košulji da je uzme. A ja ću se starati za njega. Poznavao sam mu oca, a poznavao i familiju, i jamčim za njega. Ako dâ, nek' joj rekne, da će time i meni učiniti ljubav, a reći će mi posle fala, to znam. A i devojka valjda mu neće manisati? A momak je voli i bilo bi mu teško kad bi ga...

— O umuknite — razdera se Svetislav — ne spominjite tu užasnu reč, tako vam spasenja duše vaše i večnih muka koje vas čekaju! Ne spominjite! — reče malaksalo, pa razbaruši kosu u očajanju i pade preko jedne stolice.

— Ama, reko' li ti da se ne mlatiš kad ja radim, vidiš fala bogu. Bog i duša, hoću te vezati, pa poslati u Beograd u ludnicu, ako mi samo još jednu reč...

— Ah! ne, ne! Vi još ne znate...

— 'Oće — nek' gu rekne Keva — kako onaj leblebidžija iz Stambol, što se u onuj turcku pesmu poje, pušku da fane, ajduk da stane, ako mu, ete, ne davate Marijolče vaše. Može da napravi sijasvet zulumi i pa ešekluci zaradi ovaj nesrećni sevdah. Takoj nek' gu, ete, na Siku rekne! — uči ih Kalča.

— Ne, ne! Našto mi i život, ta on bi mi samo bio pakao na zemlji bez nje! Ja ću se ubiti ako...

— Čuješ more, Ivčo, što si zbori čovek?! Nek' rekne Keva na Siku: da će da se obesi naš pobratim Svetislav na krivu granu, a sve od kara-sevdah — a od kara-sevdah pogolem boles' ima li na ovaj svet?! — veli Kalča ozbiljno. — A istin' može da učini toj! Fantazija je, bre! Ludo, bre, zar ga ne vidiš? More muke vidomo svi sas njega za ovoj tri dana! Pa može toj i da napraji, pa koj će tag, rekni gu, Sike, da potegli na dušu? A može, kakva je budala, da se oženi za inat sas neku štumadlu, pa biva li naš pobratim takoj da načini, ta takvu snajku da si dobijemo?! Toj će bidne, rekni, ako mu ne davate devojčence. Razbiraš li?

— Razbiram, de! — veli Ivko nestrpljiv.

— A za momka, reci, da je već predsednikova briga; biće mesta za njega. A posle ima i masu, dakle neće, fala bogu, biti gladan. A reče, čini mi se, da je sirotnija kuća, a? — zapita predsednik.

— Pa sirotinja, gospodine — veli Ivko — imaju ti jednu kućicu, lojzice, malko zemljice, čair i magare; tol'ko!

— E, pa idi sad, pa gledaj što brže da se vratiš, ako želiš da ti se kuća što pre isprazni — veli mu predsednik polako. — Jer vidiš kako je! Kurjakova slava tek sad počela... jedva sam ih odvratio... a hteli da zovu i popa da seče kolač! Pa ako i Kurjakova slava ustraje još tri dana, lepo će da ti ide! Hajd' idi sad!

— 'Oću, 'oću, gospodine, da radim ću kako da mi je sin eli rodljak — veli Ivko.

— Rekni gu — uči ga Kalča — nek' si ne tvrdi pazar baš tol'ko mnogo. Zašto znaješ kako je! Momak si je kako jedan, demek, zajac, devojačka majka kako lovdžija, navodadžija kako ogar, kako na priliku sag moj Čapa što je, a momak kako zajac; dor ga vidiš, a ti taj čas po njeg', zašto kad mu izgubiš trag, nema ga ni zajac, beše mu veće... neće ga nađeš lasno! Pa da si ima nos, kako moj Čapa, pa neje lasno! Ta i za ovoj sag, ete, alis ta si je rabota! Zašto može posle da bude slab ališ-veriš za devojku. Znaješ kako je devojka! Dok si je mlada i luda i zelena, ona si je skupa i jagma na njima, kako na ranke crešnje; a posle i po dve oke da davaš za marjaš — pa muka za mušterije! More, men' me ti pituj — reče Kalča zadovoljan i iznenađen i sam ovim svojim zgodnim upoređenjem. — Pomeni gu za onoj naše staro, kad gu ja begenisuva jošte u onoj vreme, a ona si i majka gu tvrde pazar! Pa vide li što se posle napraji?! Posle si pođe i udade se za onoga Tanču; od Kalču pa dođe mu red i na Tanču onoga!!! Znaješ, rekni gu, za onaj stari reč: „A kum sas prase, a ti a pa sas vreću" ta prase u vreću, zašto posle može da stane kum pišman! Ta i Sika neka si ne tvrdi baš tol'ko mlogo pazar, zašto može posle da bude zort kad precavti devojče kako cvet; da bude zort, pa tag da dava devojče za neku jošte pogoru priliku i jošte pobudalu od ovoga našoga pobratima, ete, Svetislava!... Ete toj ti se pozdravija, rekni gu, onaj Kalča.

I nama će valj'da zora sinut',
Sunce naše u visinu vinut',
Bićeš moja, moje čedo drago,
Bićeš moja, jedino mi blago!

veli Svetislav, a digao ruke i okrenuo se prema Ivku i domaćici mu koji odoše svojom misijom.

— Breeee! — oteže Kalča. — Što je pa budala i fantazija ovaj naš taze pobratim, ta ga u svet nema!!! A, pobratime, a faća li te toj pa svaki dan u ovoj vreme?!

Posle pola sahata eto ti Ivka i Keve. Vratiše se oboje veseli. Ovi ih jedva dočekaše, jer Svetislav je za ovo pola časa počinio ludorija dosta.

— Gospodin-prisedniče — viče Keva s vrata — da kažeš: dragička!

— More i mi da kažemo! Bog da pomože i poživeje tvoj pamet, gospodine, ta se priseti! — veli mu Ivko polako.

— Šta je? — graknuše svi.

— Gotova rabota! — veli Ivko. — Iznapred majka gu ne beše ništo kefli za razgovor, mislejaše, demek, da salte šegu teramo, pa si žena ne veruje, ta reče: „Zar vi ne beše dosta u vašu kuću, reče, ta sag pa počeste i u ovuj!" Ama, Sike, vikam ja, ti si berem žena... „Ajde, komšija, i ti si pa kako onija! Ne vodi gairet sas sirotinju!" reče pa ona. Muku, more, imašem sas ženu! Ama kad gu ja reko' da ič nema šala, i da će prisednik da dođe sas nas, a ona tag reče: „E, ako da je tuj i gospodin-prisednik, tag, reče, može da bude ništo." A ja gu jošte reko': Da zapitaš, reče mi gospodin-prisednik, najprvo devojčence; zašto mi reče čovek da nema ništo sa zor, veće sas kef i sas alal. A teb' ti je kerka za davanje? „Za davanje mi je!" reče ona. E, pa sag idi, pa si pituj Marijolu. Ona si zapita devojče a ova se sramuvaše — kako je i red na udovičku kerku — nekoj vreme, a posle priznade si, što ga je i ona begendisala. Berićat-versun! viknu' ja. Pa sag brgo da se spremite, mi ćesmo sag ovaj čas da smo tuj pri vas! reko' gu ja na Siku.

— A ja gu reko' — dodade domaćica — za devojče ič da se ne brineš, ako smo, demek, mušterije. Momak si je ubav, krotak, fin, kako galanteris'. Premisli se, reko' gu ja, ako smo mušterije i ako ti je demek, Jolče za davanje!...

— „Što da se premislim! reče pa ona. Kad je k'smet, nek' se uznu! Za davanje mi je! Mi će' ve čekamo!" — dopunjava Ivko raport.

— Ura! — odjeknu gromko i Cigani zasviraše jedan urnebesan tuš.

— Pa 'oće si idemo. Da polazimo! — nudi ih Ivko.

— Možemo — veli predsednik — ako smo gotovi. A ti, Kalča, proberi jedno šest najboljih Cigana i sortiraj ih, pa ti nek' ostanu, a one druge pusti. Starojko, ti znaš šta je starosvatsko: da vodi trošak — hajd', dreši kesu, pa plaćaj. A evo im od mene — i dade im tri banke. — Razdeli im, jer će se potući.

I Kalča i Smuk dele bakšiš Ciganima koji džakaju, ali ne smeju mnogo zbog predsednika, a još više zbog pandura; ali čim iziđoše iz avlije, zadžakaše strahovito i počeše se bubati i tući. Ivko se smeje i ne da pandurima da se umešaju, pa veli: kad je počela slava sa ciganskom tučom, neka se, vala, i svrši.

— Ama šta tražiš to, kume? — pita Smuk mladoženju, koji se gologlav ustumarao po avliji.

— Ama tražim šešir! — veli Svetislav.

Dok je Svetislav tražio svoj šešir, dotle je Kurjak prišao predsedniku i, ozbiljna i svečana izgleda, razgovarao se s njim dugo. Bili su podalje, pa im se razgovor nije mogao čuti, ali se otprilike moglo videti, da se nešto vrlo ozbiljno razgovaraju. Čulo se u jedan mah kako Kurjak veli: „A ovo već ne valja, i sam vidim, veli Kurjak... sramota od sveta... pa bih vas molio, gospodine predsedniče, kâ jednog svog oca, i, reći, prijatelja, da vi...", a predsednik pristaje na nešto, koliko to do njega stoji. A Kurjak sve veseliji i vedriji, izbacuje čas jednu a čas drugu notu, suče brkove i traži od Ivka ono malo ogledalce što stoji među porculanom, i češaljčić, a ovaj mu sve to donosi.

— Ama šta to radite toliko? — pita predsednik, svršivši razgovor s Kurjakom.

— Ama šešir nema mu ga na Svetislava! — odgovori domaćin.

Stadoše svi tražiti šešir po sobama, po hodniku, po šupi; zaviriše i u kokošinjak i razgledaše sve po avliji. Nema ga nigde.

— Gledaj, molim te, kô da je u zemlju propô! — veli Kurjak.

— Ama, pobratime, dođe li ti u šešir, eli gologlav dođe? — veli Kalča. — Još malo, more, da potraja ovaj džumbus, ćamo da se pitujemo kako bugarske Baja-Džore što se pituvaše: e li beše na Baja-Džoru glavata?! Svašto na svet! — smeje se Kalča.

— Pa valjda nije gologlav došô, al' ga neko odn'o?!

— More, kakve se sve čelebije izređaše ovija pa tri dni u ovuj kuću — može i toj da bidne!

— Ajte, more, ljudi, prolazi vreme! — žuri ih Kurjak.

— Slušaj, kume — veli predsednik — pa mi ne možemo tu sad do ponoći ostati radi tvog šešira. Nego da se pomognemo. Stavro!

— Izvol'te, gospodine! — odazva se i dotrča jedan naočitiji pandur, prvi momak u svojoj mahali.

— Ti imaš najlepšu šajkaču, nova je, je li? Skini, pa je dodaj gospodinu pisaru.

— Razumem! — reče pandur.

— A, pa eno mi šešir na čandijama!

— Bože, kud pa sag na čandiju da dođe! — čudi se Kalča. — Ej, crna Sike, što će' pa da dobiješ budalu zeta!!!

— Eh, batali sad. Nego kô što reko'.

Svetislav uze i metnu novu šajkaču i nakrivi je malo na desnu stranu.

— Hajdemo! — reče predsednik. — A vi — okrete se zatim pandurima — hajd' u Opštinu! Hajd', Ivko!

Pođoše.

— A ti, Svetislave, da budeš pametan. Nemoj da mi se tamo izmotavaš kô maločas što si, jer odmah ću da batalim svu stvar.

— Molim. Ćutaću — veli ovaj.

— Da ćutiš, jeste. Ti si mladoženja, pa treba da ćutiš.

— Da si ćutiš i da se sramuješ kako je red, demek, na mladoženju. Da si postidljiv i od nevestu! Ako će' opet da si fantazija, kako otoičke što beše, mi će' te ispudimo! Razbiraš li? Ajd' sad! — veli mu Kalča.

— Molim, molim! — veli onaj.

— Da si ćutiš — veli Kalča koji se sa Svetislavom uputio ispod ruke — zašto ako staneš da prajiš ešekluci i da si fantazija, kako do sag što beše — em neće da dobiješ devojčence, em će da poručaš ćuteci od men' u ovaj mrak. Razbiraš li?

— Razumem! — odgovara Svetislav.

— E, tol'ko ti reč od men'. Da si ćutiš kako nemâk!

— Ćutaću! Kao sinji kamen ćutati ću! — veli Svetislav, rešen da sve podnese radi Marijole.

— Cigani, bre! Da svirate sag *On-Alti*, Šestnaesti turcki! — zapovedi Kalča.

Cigani poslušno zasviraše poručeni turski marš.

— A što da činim pa ja bez šajkaču? — zapita Stavra pandur Ivka, kad se nađoše na ulici pred avlijskim vratima koja zaključavaše Ivko.

— Eve ti moja šubara (pa mu je nabi na glavu), a ja si mogu i gologlav u komšiľk. A jutre da dođeš za šajkaču i pa za gospodinov šešir, a noćas nek' si sedi na čandije. Zar toprv će da prenoći, ete, na čandije! Pa jutre će' se trampimo i račun pregledujemo, zašto noćaske neću sam dom! — reče Ivko i poleti gologlav za prosiocima, a panduri odoše u Opštinu, praćeni svirkom škartiranih Cigana.

Svršiše proševinu. Posediše i prorazgovaraše se i krenuše doma. Svetislav je ćutao.

Ispraća ih majka i ćerka. Vesele obe, pa ne znaš ko je veseliji, majka ili ćerka. Ispratiše ih do na sokak.

— E, od ovija tri dana što beše, ovoj si je najpametnija rabota. Ovoj najpametno izrabotismo — reče Ivko zadovoljno, kad behu već na sokaku. — Fala ti, gospodin-prisedniče, te me ovija ne oteraše u Cincari; a ća' da veće ne držim slavu eli da gu promenim za Svetog Živka.

— Pa dom da si ideš — reče Sika Svetislavu.

— Laku noć! Laku noć!

— Ajde, vratite se da ne ozebete! A ti, Siko, tako bez marame! — veli Kurjak nežno.

Vrata avlijska zalupiše i ču se spolja kako Jola i Sika trče unutra.

— E, pa u zdravlju da se raziđemo — veli predsednik. — Srećno, Svetislave! Srećno, Kurjače. Ti si dobro uradio!

Svi se ljube sa Svetislavom, ali i sa Kurjakom.

A što i sa Kurjakom? zapitaće neko.

Pa ništa čudno. I Kurjak je isprosio; isprosio je Siku. Dopala mu se osobito od onomad, kad ono nije htela da peva, kad je ono Kalča zaintačio pa tražio da peva. Od toga trenutka Sika je bila jedini predmet njegovih misli, i ta ljubav je u njemu bujno, galopirajući, rasla i narasla za ova tri dana. Dosadilo mu kao udovcu, dirnulo ga to što je dočekao svoju slavu u tuđoj kući, a prostrelila ga Sika svojim velikim i kao bademdugim očima, pa se uzjadao predsedniku i zamolio ga da se on zauzme. I ovaj je to učinio. Čim je svršio za Svetislava, odmah je otpočeo i za Kurjaka. A baš je zgodno mogao otpočeti, kad se povela reč o mladencima, navodeći da punica i ne treba prve godine da je kod njih. A veli, ako je za fajdu, dosta je žalila Tanču (bog da mu dušu prosti), a on je, doduše, i zaslužio da ga i duže žali; ali božja volja, eto, htela tako... pa kad već njega ne diže iz groba, veli Kurjak, a ono neka bog poživi one što su ostali! A grehota je da se i ona tako mlada zakopa kao kaluđerica, kad još može svet videti fajdu od nje, i zato je on prosi. Pisac nije umeo onako lepo da složi to, kao što je uistini bilo, ali otprilike tim rečima se poslužio Kurjak, a predsednik isto prihvatio. I kako ga je dao bog slatkorečiva, stvar je time sasvim, što rekli, prešla u jače ruke. Sika je ćutala i slušala. Nakrivila malo glavu na levu stranu i oborila oči, pa joj pale senke od trepavica do pola obraza, ćutala i slušala i čupkala polako kraj od kecelje. A zatim je ustala i poljubila predsednika u ruku. I dok je Marijola spremala kafe u mutvaku, isprosiše joj amo u sobi i majku. Jola je tek sutra doznala za tu drugu proševinu, i tad je čula i šta je sve ugovoreno. Ugovoreno je i za časnike i za dan venčanja. Venčaće se uskoro; Marijola na Duhove, a Sika na Pavlovdan.

— E, sa zdravlje, Svetislave, posinče — reče Ivko i poljubi ga u čelo. — Pa jutre da dođeš za šešir, a za noćaske nek' si sedi na čandije.

— Hvala, poočime! — veli Svetislav, pa ga poljubi u ruku.

— E, pa laka vi noć! Ajd' sa zdravlje! A dogodinu izvoľte

na *Svetoga Živka*... tag će mi je slava... će promenim, ete, svetitelja! — veli im Ivko, praštajući se s njima, pa uze ženu i zamače brzo s njom. I nabivši pokojnoga Tanče bućmendžije fes na glavu, ode pravo tastu da tamo sa ženom prenoći.

— A vide li Siku? Kol'ko gu milo za Jolče, tol'ko pa jošte i za seb' — veli Keva Ivku, idući putem. — Vide li?

— Ho, majke, pa toj se znaje; pobliža košuljka odi haljinku. E što da čini mlada i ubava udovica u njojne godine; da gu propada vek bez čoveka, biva li?! Kako, ete, cvet u pustu poljanu, pa nikoj ga ne bere i ni miriše i ni se pa ćiti sas njega — ete takoj si je udovičko!

— A i na Mitu milo; procavteja, bož'ke, čovek u obrazi odi golem rados'! — veli Keva.

— Ah — reče Ivko, pa se lupi u grudi. — O, bože, sal' tol'ko da živejem dor dočekam na nekoga prvu slavu; sal' dotle da ne zamrem! A tag ubavo će mi, žene kisele, plate za ovaj odi tri dana panađur što ga držaše u moju kuću bez kalendara i komesara i pa posle sas prisednika.

— More, ostavi pa rekni: Spolaj na Gospoda, što gi se sag kurtalisuva! — veli Keva.

— Mori, Kevo — reče Ivko, pa se zaustavi — ako li da skoknem malko do drustvo, da gi se pa sag *ja* osvetim! — veli Ivko, pa pođe a Keva za njim, pa ga uhvati za kaput i ne pušta.

— Tuj da ostaneš, nesrećo! Jedva gi se kurtalisuva, a sag gi pa sam tražiš?!

— Ama sal' da gi napravim jedan pakos'.

— Jok, jok — veli Keva a ne ispušta ga — dom da si ideš s men', a za pakos' ima vreme.

Ivko samo huknu, pa se lupi u grudi i reče:

— Ama što će' se naplatimo! Kako na kadiju će mi platu. A na svu trojicu je slava ispred moju. Ta kada gi, ete, dođem i sednem u kuću, e, veće šest dana, za ovoj neće im iskočim iz kuću. Ama ti, Kevo, sal' uživaj! Će gi pokupim i dovedem i niški i masurički Cigani za džumbus! A, što uze ženče!!!

Tako smišljaše i pretijaše majstor Ivko još ono veče, idući tastovoj kući. A kakav je zlopamtilo i pakosnik, verujte da će to i učiniti. Već je za to kratko vreme smislio mnogo štošta, a do prve slave, jal' Kalčine jal' Smukove jal' Kurjakove, ima dosta vremena. A on je bio majstor u izmišljanju i nameštanju da nagaravi koga, i već se sad smešio i uživao u osveti, zveckajući silnim ključevima od sviju soba i šupa u kući.

Sutra, kad je otišao kući i raspremao, još se strašnije zakleo da će im vratiti milo za drago.

Ivko ode jednim, a gospodin predsednik drugim putem, naredivši im pre toga da idu kući, što mu oni, naravno, i obećaju, uputivši se fijakerima koji su stajali pred kućom.

— Ama što uze ženče, pobratime — veli Kalča Kurjaku — alal ti dve oči! Sag može da gu slušamo kad zapoje:

Rakito, mori, Rakito,
Rakito, tanka selvijo!

i pa da gu gledamo, mi što smo pobratimi.

— A, će' se ti ubrišeš za toj! — veli mu Kurjak.

— Ama zar pobratimu ti pa toj zboriš?!

— Pobratimu, jăkako! Valjda se ja ženim za pobratime?!

— Ama za toj ič ne beše razgovor! Ništo lošo nema tuj, salte čoveški.

— E, tako. Ja tebi na slavu i ti meni na slavu. Toliko! — veli Kurjak, smejući se.

— A, takoj li će mu bidne! — veli Kalča.

— Ajd' sedajte! — naređuje Smuk.

— Stoj! — viknu Svetislav. — Imam jedan predlog. Kako bi bilo da otpevamo sad ovako jednu. Ja sam prvi tenor; treba još drugi tenor, bariton i bas, pa jedan divan kvartet da sastavimo, pa da nas vidi bog! A taman smo četvorica, pa možemo da sastavimo kvartet; ja pevam, dakle, tenor; šta ti, Kalča, pevaš?

— Toj što i ti, pobratime! — veli Kalča.

— E, pa ne može to, nego reci...

— Jok, jok. Toj što i ti poješ, toj će i ja da ti pomagam... pobratim pobratimu treba da se nameri u pomoć...

— E pa ne ide to tako. Pevaš li bas, sopran, alt, šta li...

— Ja ću da pojem na tvoju formu, pobratime...

— E, pa ja pevam tenor...

— E, pa šta mi trebe drugo! Sas mojega pobratima i ja ću si toj.

Batali ga Svetislav, pa se okrenu onim drugima.

— A šta vi pevate? — zapita onu drugu dvojicu.

— Što i ti, pobratime! — rekoše obojica u jedan glas.

Huknu Svetislav, pa se okrete opet Kalči:

— Dakle, Kalča, ded' zapevaj nešto što ti voliš... da vidim. Beee! — proba Svetislav basom. — Ded'!

— Beee! — imituje ga Kalča — Breee! Kako mečke počemo.

— Vrlo dobro, to je bas. Ded' zapevaj što.

Doma li si, sama li si, Maruš, mori?
Doma jesam, sama nesam, ludo, mori!

otpeva Kalča.

— Vrlo dobro! Pa ti si basist, ti ćeš bas da pevaš. Beeee! — proba Svetislav dubokim basom. — Eto, to ćeš da pevaš.

— A sal' toj neće da dočekaš! — veli Kalča. — Ni tatko mi toj ne beše, a i ja neću sam toj!... A, basis neću da sam dokle se, ete, krstim sas tri prsta.

— E, pa moraš tako...

— E, a zašto bajađim ti da možeš da poješ drugo, a ja pa da toj ne mogu! Ako smo pobratimi, demek, mi će' zajedno, družeski! A bas da pojem u ovej godine moje — neću si! Što bre, zar što će ti je prisednik kum da je, ta sag ja da ne smem da pojem toj što i ti?!

— A, pa ne zato...

— A bas neću da sam, ta da znam sag da ću da umrem! U našu familiju, toj da rečeš, basis, ete — nema! — reče Kalča odlučno. — Pa kako će' da pojemo?

— Pa da stanemo pred kuću. Serenada... znate, fala bogu, šta je — veli Svetislav. — Serenada...

— He-he! Smešan reč. Kako vikaš?! Pred kuću? Zar smo si mi pa kolende, ta da, kako na Božić, pred kuću pojemo? E, toj neće lasno da bude. Ja mislešem u kola... putujeći...

— Ama samo nekoliko stihova od pesme: „Pred tvojom sam evo kućom, za kojom sam žudio!" — moli ih Svetislav.

— E, sal' toj, da kažeš, kod nas adet neje — veli Kalča — kod vas može da je, ama kod nas, ete, neje.

— Nećemo! — viknuše svi.

— E pa dobro, onda ću ja sam, još bolje; ona se i tako solo peva.

Ali, ne dade mu Kurjak, a ni ostali.

— Svetislave! Nemoj da se mlatiš tu, već sedaj u kola — veli Kurjak. — Ajd', sedajte. Ja i Kalča u ova, a ti i Smuk u ona druga.

Posedaše. Svi se namestiše, samo Čapa ostade dole, mašući repom i lajanjem dajući od sebe java da je i on tu. On se više nije hteo odvajati od Kalče. Bojao se da ga opet ne izgubi, pa ga ni za trenut nije više puštao iz vida.

— Da si uzmemo i mojega Čapu sas nas u drustvo? Ako li? — pita ih Kalča, sav blažen što je i Čapa tu. — E, pa i on si, ako je pcetište, ima dušu; pa nek' si i on, vikam, protera vek. Ako li?

— Da ga metnemo u ovaj treći fijaker? — predlaže Svetislav.

— More, pešak si je on ubav, arnavutska sorta je to, moj Čapa. Vidi ga bre, kol'ko noge taj ima! — veli Kalča, gledajući ga i milujući zadovoljno. — Četiri noge, bre brate, malko li je toj? Poviše i od teb', pobratime! Će si peš stigne pre odi nas.

— Jok, jok! I on mora na kola, nek' se zna da su gospodska posla! — veli Kurjak.

I tako metnuše Čapu u treći fijaker, pa poteraše jedva jednom.

GLAVA ČETVRTA: PATARICA

— Stoj! — ču se komanda kočijašima. Fijakeri stadoše.

Prema naredbi g. predsednika — a i prema njihovom sopstvenom saglasiju i obećavanju — trebalo je pravo kućama da teraju. Obećali su predsedniku da će pravo kućama, a on njima opet kazao da će noćas svu noć on sam glavom obilaziti patrole i grad, pa će, veli, videti, jesu li održali reč. Ali se njima nije nikako išlo kući, jer onaj zao demon koji ih je zadržao sva tri dana kod Ivka i doveo ih dotle, da je morala i sama vlast intervenisati — taj isti demon šanu i sad Kalči, i on predloži društvu: pošto je već ponoć prošla, da bi dobro bilo, da ne uznemiruju svoje po kućama.

A bila je divna noć; nebo vedro, posuto zvezdama. Čarobna noć, niška noć! Izdaleka se čulo kako huji i šumi Nišava i lomi se i pada kod grada. Pa ko bi prezreo sve te lepote prirodne, ostavio ih i otišao u zagušljivi vazduh doma i legao da spava?! Divna noć ih je zadržala od toga koraka. Ali da ostanu ovde u varoši, nisu smeli; zadali su reč, a što je još važnije, zadao je reč i predsednik — pa može negde natrapati na njih. A međutim momenat je bio znatan i svečan; takoreći, jedared u životu dolazi. Svetislav isprosio, isprosio i Kurjak. Kurjaku je, upravo, što kažu, dupli praznik; isprosio, a i slava mu, upravo patarica.

Zato Kalča predloži: pošto je ponoć prošla, da bi trebalo da proslave Kurjakovu pataricu…

— Kad mogamo na onaj kuče Ivka da smo čoveci sprama njeg' — veli Kalča — ta i za pataricu da mu ostanemo u dom — a zašto pa da je pobratim Kurjak pološ od njeg'?! I njegovu pataricu će' da slavimo. E li usvajate, drustvo? — viknu oduševljeni govornik.

— Usvajamo! — grmnuše kao iz jednog grla svi i narediše kočijašima da ne teraju kućama, nego da teraju pravo u Banju, a na onaj treći fijaker — iz kojega je Čapa iskočio odmah, čim su krenuli — uzeše neke bedne svirače Cigane (neku bosonogu dečurliju, među kojom se jedan odlikovao belim tvrdim filcanim šeširom, ali i on beše bos), koji su se već vraćali kućama i kod jednog zapaljenog čkiljavog fenjera džakali, deleći zaradu u bakru.

— Cigani bre — viknu Kalča — koj vi je starešina nek' iskoči napred.

— Ja sam, ako iskate čalgidži-bašiju! — veli onaj bosi u belom tvrdom filcanom šeširu.

— Ajdete s nas! Pare će naprajite — veli Kalča.

Uzeše ih i namestiše u treća kola, a Čapu uze Kalča u svoja kola, jer je već počeo urlikati, pa se krenuše. Prođoše i Ćele-kulu, i kad su u najvećem kasu jurili, viknu jedan s kola: „Stoj!" Kočijaši stadoše, Cigani umuknuše, a kardaši se stadoše dogovarati kuda će, jer srećom nekome pade na pamet, da je sada banjska voda hladna — jer, kao i svake godine, baš u ovo doba, i sada teče u Banji po nekoliko dana samo hladna voda. Složiše se da produže put, ali da okrenu u Eminovu Kutinu. Poteraše kola opet.

— Cigani bre, čađava vero — okrenuo se Kalča, pa im naređuje s kola — sag da mi svirite moj žalos'! Svirite „El' si čuja, dek sam isprosena". Toj da mi svirite! — reče pa se zavali u sedište i nakrivi kapu. — Aaa! Kurjak, Kurjak — veli, pa trese glavom — nesi mi pobratim, veće si mi, ete, dušmanin! Takoj ću te zovem, ete, po sag.

— Ajd', ne budali tu! — veli mu prekorno Kurjak.

— Što, bre? — pita ga Kalča. — Zar nesi dušmanin i pa kurjak?! Alis kako gladan kurjak ugrabi ni našo najubavo jagnjence, našo malečno Sike. Vide li gu kol'ko je malecno?! Za silav bre da gu metneš kako karamfilče, pa da gu čuvaš i gledaš i sas kef mirišeš!

— More, nemoj da se mlatiš tu! — veli Kurjak.

— Heee! Ama ti mi men', pobratime, baš podvali; ama onakoj cvrsto, hadžijski mi podvali! Heee! Dušmanine, a ne pobratime! Dođe, bre, iz beli svet, pa kako gluva kučka ćuta, ćuta, dor me tike uapi, i pa jošte za srce me uapi! Heee! Ama ti me men' baš zakla, i pa sas tupu čekiju me zakla, kako ovna na Kurban!!! E, a zašto toj? — reče, pa zapeva:

Mit-mit-mit-mitanče,
Crkni mi, pukni, dušmanče!

— Sedi tu, more, pa ćuti! — veli Kurjak.

— More, teb' ti lasno beše! Udovac si, pa koj će kako teb'! A ja što će, što znajem da si prajim; žena mi, ete, cvrsta i zdrava kako selska Dena, će da poživeje jošte sto godine! A ja trebašem da gu uzmem jošte u onoj vreme, ama majka i tatko gu me ne običaše! Ah, što beše jedno gugutče i antika-devojče, kad zapoje!

— Ama pa ti si ženjen čovek, otkud ti možeš imati dve žene?! Nisi ni udovac, a ni Turčin.

— Pa može i ja da ostanem udovac. A što pa da ne možem?! Hadži-Katlak u oneja godine pa si ima sedam! Vide li mu ovuj sedmu što gu dovede; šestnaese' godine bre, mlado kako gondže od ružu! Pa si miriše na pamuk od jorgan, kad promine prokaj teb'!

— Ama, ti si neka budala.

— Stoj, fijakeris', dok narednik nađe uzenđiju! — komanduje Kalča, i fijakeri stadoše. — Ćopeci, bre! Ela pri men', pri kola ovamke! — zovnu Kalča, i jedan Ciganin, onaj s belim krutim filcanim šeširom, skoči s kola i dotrča po instrukcije.

— Što iskaš, bata-Kalčo? — reče Ciganin.

— Kakav bata, bre, ćopek-sene! Zar na Cigani li ću sam bata! Kome bata? — grmnu Kalča, pa potegne šakom, ali se hitri Ciganin izmače šamaru, odskočiv bestraga od kola. — Znaješ li, bre, da si imam od vreme jošte bujruntiju za dva Ciganina da mogu da gi utepam bez raboš kako dva zajca u šumu, pa ič da me ne pituje nikoj za toj?!

— Čorbadži-Kalčo — izgovori Ciganin i pokloni se, a ostalo proguta od straha.

— E, e, takoj te iskam... spram *teb'* će sam berem čorbadžija; razabiraš li, čađava gurbetska sorto?

— Razabiram, maale-bašijo Kalčo.

— E, e, takoj te iskam... A sag, iskam da mi svirite onuja pesmu (ama gu, ete, zab'ravi, pa neće da iskoči baš pod formu), onuja što se poje za Todoru, prvo ljube i ašik, onuja:

Prvo ašik, Todoro,
Ajd' sas mene, Todoro,
Da ti kupim, Todoro,
Anteriju, Todoro;
Ti da nosiš, Todoro
Ja da gledam, Todoro!
Neka puknu dušmani,
Tvoji dušmani i moji.

Sve se, ete, spominje za Todoru, a posle se — razabireš li, bre, ciganska vero?! — kazuje, ete, u tuja pesmu, kako će da gu kupi jošte i: srma-kolan i tunofes, i mumle-šamiju i prištevske nal'ne, i široći fustan janjinski i čift papuči; sve će toj, vika u pesmu, da gu kupi, pa ona si sal' da nosi, a on da gu gleda i pa da se ponosi; a da gi puknu dušmani od muku, i njojni i pa njegovi, kako, ete, sag ovaj Kurjak, pri men' što sedi, što crca i puca od muku zaradi Siku i men'. — Ete toj da mi svirite, pa tag drustvo će da vi da carski bakšiš, a ja neću da ve tepam — a od men' i tol'ko dosta!

— 'Oćemo, čorbadžijo i maale-bašijo Kalčo.

— Ama iskam takoj da mi svirite ta da vi sve plače kemane od žalos' golemi, kako Ciganin kad ga ostavi žena pa zaredi da odi po drugi čoveci! Razbiraš li? Toj da svirite, i toj si je moj žalos'!

— More, Kalča — viknu Kurjak — sad će da bude još jedan „tvoj žalos'", ako te dočepam, pa izbacim iz kola. A ti kako si počô, to će ti i biti!

— Ihaaaa? Kud ga pa ti iskara! Javaš, more! Što misliš,

bre! Kalča nema dve ruke! Kalča će da si sedi i da se sramuje kako selska nevesta prokaj devera, a ti da ga izbacuješ! Kol'ko ve, bre, ima takvija u teste?! More, toprv će da vidimo, koj će iz pajton!

— E pa kad si budala! — veli Kurjak. — Il' ja il' ti iz kola. Ovako zajedno ne možemo! Svetislave, odi ovamo! Sedi ti do ovoga budale; vas dvojica ćete se valjda bolje složiti.

— Ihaaa! Što mi ti pa tuj nakazuva! E, pa dě! Ako nemamo više drustvo i šalu, kako do sag, a ti sal' kaži! Ja mislešem da sas pobratima može da bidne i da ima šala, a ako da je za karanje — karanje nema! A ja će si mogu i peš da si idem sas mojega Čapu.

— More, ne luduj tu, nego sedi — veli Kurjak.

— A za ovaj reč „budala", što mi ga otoičke kaza, mlogo ti fala, pobratime! Fala ti, pobratime, maksuz fala! Toj do sag mi jošte nijedan čovek neje reknaja. Trebašem, ete, od pobratima toprv da ga čujem, ete, taj reč „budala"! Fala ti, pobratime, do crnu zemlju fala; da ti se preklonim do zemljicu za taj jedan reč, ama tamnina je, pa me stra', neće da vidiš!

— De, more...

— Berićat-versun, pobratime, kako na priliku od teb'! Fala! — veli Kalča, pa se klanja i skida kapu. — Pa... kako reče... ja budala... heee... E sal' kad si mi ti čovek, učevnjak i razabiraš se u gramatiku i anatematiku; sal' kad si mi ti knjižovan čovek, i bogoslovac, i indžilir, a ja ako će sam budala. Što ću prajim; sas taj moj pros' pamet ću i umrem! Berićat-versun i za ovol'ko malko što znam! Od Tasu staroga daskala što nauči malko da četim i da pisujem, tol'ko! Psaltir do treću katizmu, i zagazi u četvrtu, dor me ne ispudiše iz čkolju zaradi dživdžani što gi mlogo faća'; a i ja si sam da batalim tešem. Što će mi više nauke; vladika li ću sam?! Što mi trebe više! A teb' ti i opet fala! — veli Kalča, i hoće da siđe s kola.

— Sedi tu, more, pa batali taj razgovor! — veli mu Kurjak i zaustavlja ga.

— Što misliš, bre! — veli Kalča, a sve ljući i ljući. — Sag sam si, vikaš, ženet, Sika će mi je domaćica, pa što mi veće treba i taj Kalča, i to drustvo, i tija bagatele?! À bude akšam, a ja će si turim čiviju na portu, pa će si primaknem bukaru sas kominjak, pa sas domaćicu: pa malko kominjak, malko leblebeju, a malko, znaš, razgovor — pa će si takoj po sag ubavo da teram vek. A onija ešeci, oni kardaši, će', vikaš ti, da idu spored portu kako pceta okol kasapski panj, pa kad si vide, dek je porta zamandalena, a onija pa neće ni da mi ulazu ni pa dolazu u kuću — a ja ću si sag sam da krkam kominjak u drustvo sas moju Siku, a ona će mi poje, pa će si teram vek, kako tetreb u planinu kad si padne u sevdal'k. Eheee! Znam ti tabijat! Poznavam te ubavo, kako kalpuzan-paru! Aaaa! Takoj li će mu bidne! Pogle ga sal'! Toj li ti sag prebiraš u tvoj ešečki pamet, jagurido?! Toj li je druželjubivos'?! — reče Kalča ljutito, pa siđe sa fijakera. — Nesrećo kurjačka! A ovoj sag će smo se, vikaš, bajađim, skarali i posvađali! Takoj li si ti premisleja u toj pros' pamet, nesrećo kurjačka! Hehe! Za tol'ko sam si belkim pismen i ja pa nešto; razbiram se, dě!

— Jok, jok! Kad ti tako misliš, onda bolje da siđem *ja* s kola, a *ti* sedi! — reče Kurjak, pa siđe i on s fijakera.

— Ajde, šta se mlatite tu sad kâ budale! — viknu Smuk s drugih kola. — 'Oće oznojeni konji da nažebu. Sedajte, da ne dangubimo.

— Ama pa zar ne vidiš ovu nesreću, kako mi — veli Kurjak — dira i vređa familiju?!...

— A, familija jošte neste! — veli Kalča jetko, stežući kaiš oko sebe. — Može da iskoči — dodade pakosno — da će da ste niki rod...

— A, to još nismo! — veli Kurjak.

— A, pa će' da vidimo! Neće ni da bidnete... Javaš, more! Će' da vidimo! Zar toj pa da je u sagašnjo vreme neka muka! Ću prežalim, ete, banku-dve za taksene marke, i pa banku i tri piva i švapski sudžuk sas ren za advokata — pa advokat će da pronađe veće!... More, ti će da vidiš muku sas men', zašto ja, da rekneš, za fajdu i nesam roden, veće za inat! Pa će da ti naprajim jedno veselje, da se iskidaš od smej; polako dě!

— Ajde, sedajte more već jedared! Sedi bar ti, Kurjače, ti si bar pametniji — viče nestrpljivo Smuk.

— E, pa dobro — veli Kurjak i sede opet — ja ću da sednem, a ja ga ništa i ne diram. Al' onda reci i njemu da bude miran i pametan. Ajde, Kalčo, sedi.

— Bă! Od danas nemam veće s teb' „živo-zdravo”!

— Kalčo... Kalčo, more... — zove ga Kurjak — ... kardaš...

— Beše mu veće! — veli Kalča ljutit i stade onako u mraku čistiti šakom pantalone. — Čapo! Ovamke, verni druže! S men' da ideš; mi će' peš, a neće da smo u drustvo s ovuja gospodu učevnjaci. Mija smo jedni prostaci. Ja berem izuči do treću katizmu, a ti ni tol'ko! — pa stade milovati Čapu, koji mu je došao, pa lupa repom o zemlju u znak svoga pristanka.

Kad ti umrem, moja mila nane,
Ti da vikneš Manulaća doktura!

zapeva Kalča i pođe peške s Čapom.

— Kume! — viče mu Kurjak. — 'Odi ovamo, kume. A ja te računam za kuma, a on gle kakav je!

— More kakav kum?! Kum! Nesam kum — veli Kalča malo mekše i zaustavi se.

— Kume, nesrećo moja. Nije drukše, ti mi moraš biti kum.

— Što ti trebam ja. Ima jošte čoveci učevnjaci... i stari kum kude ti je?

— Jok, jok! Niko drugi, nego ti! Kad sam se prvi put ženio, nismo se poznavali, a i gde sam ja bio! Pa nećeš mi ni zameriti; ali sad... već ako se ne oženim, te mi tako ti ne budeš kum... da zastupiš staroga kuma koji je umřo.

— Pa će može da bidne jošte niki od staroga kuma familiju...

— Kume! Da se poljubimo, a kumica će da ti spremi vezen učkur i tanke svilene boščaluke...

— He, he! nesrećo kurjačka — veli Kalča, i stade da raščešljava brkove i ljubi se — što da prajim, naše si, ete, kuče! I ja ću si do teb' da tu sednem, kume.

— Sedi, kume, radosti moja!

I kumovi sedoše jedan do drugoga i zagrliše se.

— Razgovor, dě! Što j' si je bilo, bilo! — veli Kalča. — A sag nema ništo, a, belki, ništo neje ni bilo! Tike nauči sas usta kef da si prajim.

— Ajde, terajte već jednom u Kutinu — viče Smuk.

Gena majku ljuto kune:
Što me dade za udovca,

Za trgovca iz Leskovca!

zapeva Kalča, pa nabi kumu do sebe kapu na nos. — Eh kude mi je tufek na ovaj sagašnji moj žalos'!

— Hooo! — huknu Kurjak — ama ti pa i opet!

Kočijaši poteraše, Cigani zasviraše, kardaši zapevaše i Čapa zalaja, trčeći uz Kalčina kola, i tako u toj galami odoše u Eminovu Kutinu, mesto vrlo zgodno za svakovrsne izlete.

Šta su sve u Kutini radili i kako su se proveli, i oni i Kutinci, nije po svoj prilici manje interesantno i poučno od ovoga dovde — ali je, nažalost, piscu nemoguće ispričati to, jer nema ni izbliza tako pouzdanih podataka kao što ih je imao za ovo dovde, za koje, naravno, on, po urođenoj mu skrupuloznosti i savesnosti, i jamči. Raport pak mesne policije kutinske — a to bi jedini verodostojan podatak i bio — bio je, nažalost, usmen, i primljen samo k znanju, pa ga pisac stoga i nije mogao ni potražiti, pa, sledovatelno, ni naći u arhivi i upotrebiti u pripoveci. A da se opet (kao što to, nažalost, mnogi i naši i tuđi čak i odlični pisci rade) posluži izmišljotinama — nije ni do sada bio njegov običaj. Time bi se ogrešio o dosadašnju skrupuloznost i savesnost svoju, i, što je još gore, time bi izgubio dojakošnji lep glas verodostojna beležnika, pa naposletku i stečeno poverenje poštovanog pub-likuma. Toliko samo mogu kazati, da je nekoga đavola tamo u Kutini moralo biti. Jer Čapa je sam došao u varoš, obilazio Ivkovu kuću, mahao repom i samo što nije progovorio, toliko je lajao; kao već svaki pas koji ima nešto da saopšti. A Čapa je bio jedan inteligentan stvor; Kalčina hvala nije nimalo preterana bila. Iako, po svoj prilici, nije bio nikakav rod onom čuvenom sveto-bernhardskom psu Bariju, ipak je, kao što će se čitatelji uveriti, spasao četiri, ili upravo sedam putnika, s tom samo razlikom, što su Bari i ostali sveto-bernhardski psi spasavali smrznute, a ovaj „ugrejane" putnike. Ali na stvar. Ivko je naposletku video iz Čapinog silnog skičanja, lajanja i mahanja repom, da tu mora biti nekoga đavola, pa se zato posavetovao s gospodinom Vlajkom predsednikom (jer Vlajko se zvao predsednik), i krenu se na kolima da ih potraži, a Čapa mu je bio kalauz. Dakle, kao što vidite, Čapa u ovoj pripoveci nije neka stvar, ili neka epizoda; ne, on je jedno od glavnijih lica, ako smem reći dejstvujuće lice koje pomaže i ne malo doprinosi da se stvar rasplete, i tako opravdava i hvalu Kalčinu i pažnju piščevu prema njemu, i brani ga od mogućih kritičara, koji obično vole mnogo da izvolevaju i zakeraju. — Idući tako za Čapom, Ivko ih je našao u Kutini u bednom stanju, bili su — kao pod nekim policajnim nadzorom! A kako su počeli još 23. aprila, čitatelj će priznati i sam, da su samo tako mogli i svršiti! Priznaće da je to najlogičnija, te i najprirodnija posledica ranijih uzroka; a ako hoćete i sa strane večne pravde i morala, i pravda je tako najbolje zadovoljena, jer nisu nekažnjeni, za ovo do sad, promakli! Njihova opština ih je reklamovala, uložila protest — i oni su bili najzad pušteni. Kako je do svega toga došlo, ostaće večno tajna, jer g. Vlajko je zabranio da se o tome dalje govori. A čitateljima stoji na volju da promuče svoju uobrazilju — imajući u vidu karakter, stanje i okolnosti „u reči stojećih" kardaša — i da popune ove praznine u pripoveci. Kao jedan fragmenat, prema kome će moći sastaviti celokupnu sliku onoga što je bilo u Eminovoj Kutini, neka im posluži i taj podatak, da je Kalča neko vreme posle ovoga, u detaljima svojim tako malo poznatoga izleta u Kutinu, privijao slačicu po snazi. Drugo ništa ne ume pisac, kao koliko-toliko pouzdano, navesti sem još ovo. Oni fijakeristi, koji su ih tamo odvezli, nisu hteli zadugo posle toga ni po koje pare da voze u Eminovu Kutinu, a emino-kutinski seljaci opet nerado su se zadržavali, kad dođu u grad, u onoj mahali u kojoj su kardaši stanovali, nego je svako jurio i promicao kao Tatarin kroz Ražanj, ili još bolje, begali su odatle kao pas od topa. Sad zašto i krošto je sve to bilo, sam bi bog znao! Moje je bilo da to spomenem, poštovanim je čitateljima od volje da tumače to kako ko hoće; od volje im, kao Šokcu post. Pisac samo htede ovom pripovetkom da im očuva jednu sliku iz veselih i bezbrižnih dana staroga Niša; jednu sliku starih i dobrih Nišlija onih dana koje je mutna Nišava šumom svojim odnela u Moravu, Morava u Dunav, a Dunav bestraga negde; iščezlu sliku onih dana koji se nigda više neće vratiti kao ni mladost naša.

I s ovim bi bila stvar svršena. Ali iako ovo što sleduje strogo i ne spada u priču, ipak, okuražen vašim poverenjem (a još više vašim strpljenjem), pisac će dodati k ovome dosad još jednu Glavu, u ime prida, kako se veli — kao i svaki trgovac (jer i pisac je neka vrsta trgovca, koji svoju robu iznosi na pazar). Zato na završetku, onako uzgred, još i ovo.

Kako je onoga večera na Markovdan o proševini ugovoreno, tako je sve i bilo urađeno. Svetislav i Marijola su se venčali na Duhove, a Mita Kurjak i Sika odmah po Petrovu dne, na Pavlovdan. Oni prvi tu u mestu u Sabornoj crkvi posle službe, a ovi drugi, kao svi „vtorobračni ženici" i stari momci i devojke, u radni dan, malo podalje i malo poranije. Kurjak i Sika venčali su se u manastiru Gabrovcu odmah po jutrenju, onako prosto: bez devera, bez velike larme i galame. Otišli su svega na troje-četvoro kola. Kardaši su bili i svati i časnici. Kalča kum, a Smuk stari svat. „Tri Ciganke celo 'oro" kako primeti Kalča. — Obe su svadbe mirno i lepo prošle, bez ičega osobitog, samo se Milosavu farmaceutu desio maler u Marijolinim svatovima. To je onaj, ako se sećate, projektirani dever, ali se posle nekako iskrenulo, pa nije bio on, nego neki drugi, a on je bio pustosvat. Voljan da uveliča svečanost, i on je došao na konju, pozajmljenom od nekog oficira, i s barjakom — i dotle je sve lepo i krasno bilo. Ali kad su pošli svatovi u crkvu i on s barjakom pred svatovima — onda se desi nešto što znam da mi mnogi neće verovati. Zao udes htede da se ovi svatovi sastadoše na raskršću s drugima nekim, oficirskim svatovima, i konj gospodina Milosava, farmaceuta i barjaktara pred svatovima, odnese ga u te druge svatove i pomeša se među oficirske konje, svoje, tako da kažem, „tiš-kolege". I što je najgore, ta druga svadba išla je u Sveti Pantelej, i tako naš barjaktar nolens volens ode sa ovim drugim svatovima u drugu crkvu, u Sv. Pantelej, a njegovi svatovi, sa kojima je pošao, odoše u Sabornu crkvu. I druželjublje naših oficira ne dopusti mu da se vrati. Oni ga zadržaše, mada se džapao dugo. On je ostao tamo na ručku, a tek posle podne, predveče, došao je u Marijoline svatove, peške i bez barjaka.

Nije prošla ni puna godina, a obe kuće behu pune blagoslova božja. Kurjak već uživa, bože, u sinu, pa gde god sedne, a on priča o njegovim osobinama i vrlinama i hvali ga. Hvali ga, kako je zdrav, težak, glavat i grlat. „Ceo dan se samo dere, a ima glas kô birov seoski ili kô mali bik" hvali se Kurjak često u kafani među braćom i družinom. „Uvek je gladan... večito gladan... uvek pri apetitu... Baš se vidi da se turio na moju familiju" veli zadovoljno i ponosito Kurjak i uživa u njemu i sprema mu sjajnu budućnost. „A, nek' mi je samo on živ i zdrav" veli Kurjak „a mene neka bog podrži u snazi i u zdravlju, a bába će njega dati na škole i nauke; al' neće on biti činovnik, da ga svaka šuša gura i premešta; bába će ga dati za medecinara." Tako priča Kurjak sinčiću i drži ga dupke na krilu, a mali budući medicinar zabali ustima kao puž ili bacaka nogama ili učini tako nešto što je već tome angelske bezazlenosti dobu svojstveno i obično.

Uopšte svi žive lepo i zadovoljno, i kardaši i bračni parovi. Idu jedni drugima kao i dosad. Kalča počešće izvoleva i sluša „svoju žalost", sluša pesmu iz mladih godina:

Rakito, mori, Rakito,
Rakito, tenka selvijo!

Sluša pesmu i gleda Siku, pa mu se čini da se čisto pomladila, kako se po drugi put udala, pa je moli, da mu otpeva i onu drugu:

Da znaješ, pile mori, Vaske,
Kakva je žalba za mlados'?!

a ona mu otpeva i tu pesmu. A njemu i milo i tuga mu kad sluša pesmu, ali ne sme da bude mnogo liričan, jer je kum, a posle i ismevaju ga svi, a Sika ponajviše, ali ga poštuje i ljubi u ruku, kad god im dođe.

I Ivku srce na mestu; osvetio im se svima redom. „E jest to bila neka napast" rekoše mnogi posle toga. „A mi ga još tako žalili onda." Te godine Ivko nije slavio; nije smeo da slavi. Javio je pet puta u novinama da mu zbog slabosti nije moguće ove godine slaviti, i pobegao je čak u Beograd za neki espap. Posle je već slavio. A kako im se to osvetio, pisac neće pričati, jer to bi značilo pokvariti potrebno jedinstvo u pripoveci i uvaliti se u drugu pripovetku.

I Svetislav se dobro vlada. Smirio se i ne luduje više (bar se ne pokazuje tako često i javno). I sad je primeran i nežan muž; voli ženu i decu i pazi na kuću. Ali Marijola kaže da je ponekad ipak čudnovat; uhvati ga, dođu mu tako lutke, pa je drukčiji, samo ona to krije. Izdeva joj imena, pa je zove: „Dezdemono moja", „Agnijo moja", ili „Miledi", ili „Doloro", ili tako nekako čudno i smešno. A ponekad je prosto šašav, tužila se

Jola, pa kaže da je on Jovan a ona Ana, i pita je: je li primila neki niz bisera. Drugi put dođe mu tako nešto u glavu, pa je opet ščepa za ruku i govori joj neke stvari budi bog s nama! Tek se samo razdere:

— Marijolo, ljubiš li me, Marijolo? — pa se izmakne.

— Ajde, fantazijo! — veli mu ženica.

A on joj opet priđe bliže, pa je ščepa za obe ruke i čvrsto ih drži; gleda joj pravo u oči strašnim pogledom, pa je opet pita jačim glasom:

— Marijolo! Tako ti i ovoga sveta i onoga, pitam te: ljubiš li me, Marijolo?

— More, ostavi me, fantazijo, kakvo ljubenje u dan!!!

A on se opet povuče i zaturi, da je kao izdalje gleda, pa je opet pita još jačim glasom, koji raste sve više i više.

— Marijolo, tako ti uspomene na minule dane naše sreće, kada još — o ja, jadnik! — ne znadoh šta znači to ljubiti — ljubiti ženu, a ne biti ljubljen — tako ti negda toli žarke i strasne, a sada već ugašene ljubavi tvoje prema meni — reci mi, oh reci, Marijolo: ljubiš li me još? — pa padne na jedno koleno kao Fabijano Fabijani.

— More, dizaj se, fantazijo, ič te ne razbiram što zboriš tuj! — ljuti se ženica.

A on se onda digne; uvuče vrat i vuče se kao da su ga kola pregazila, pa veli:

— „Jovanka me izdala! Jovanka me je ovom lupežu izneverila, Jovanka je lorda Talbota naslednica — Jovanka je *za me izgubljena*!"

— More, nesam Jovanka, nesrećo pelivanska! — brani se ženica.

— Šta, *odričeš se*, odričeš se i moga pa i svoga imena! — dere se Svetislav, a zatim se ispravi i raširi ruke, pa se još jače razdere: — „Svu svoju krv za osvetu! Šta, zar neće moju krv niko da kupi?! Ko će me nad lordom Klanbrasilom osvetiti i potom moj život za nagradu uzeti!" — viče očajno kao Džilbert nožar.

— O, bož'ke zbori si kako mutavdžije! Ič ga ne razbiram, ete dve mi oči! — veli Jola.

— Ha, ha, ha! Gujo šarena. Sad me ne razumeš! Reci bolje da ne smeš, da nećeš da me razumeš! Reci, nevernico! — razdere se kao lud. — Oh ja, jadnik! A ja sam je toli ljubio! — A zatim se povlači u ćošak od kujne, sav razbarušen, pa nastavlja:

A znate li šta to znači
Kad zapeva prepelica?
Moli ljude i preklinje
Da begamo od ženskinje.
Ta one nas sebi mame,
A mi hitamo ka'no slepi.

— E pa de, ću te poljubim — veli ona, pa ga poljubi.
A on je gleda podozrivo, pa veli:

Žensko, žensko zver je lepa,
Teško lepa, teško strašna,
Ljuti otrov dana naši'
U najlepšoj zlatnoj čaši.

— Gospode, što je sag pa ovoj?! — veli uplašena ženica, pa zaklanja rasplakanu dečicu od njega kao kvočka piliće od kopca. — Gospode, zar je nagazija na ništo; otoičke si spominje prepelice a sag pa otrov... nastupija je, bezbeli, na ništo.

A on nastavlja dalje:

O ljubavi, o ljubavi!
Ja sam tebe žedan pio:
Jedna j' tvoja kaplja slađa
Nego more samog meda;
Jedna j' kaplja otrovnija
Nego more samog jeda!

— O, što mi gospod pa dade takvu fantaziju! — hukne ženica.

A on se opet izmakne do vrata, pa se stane prikradati kao mačka kad vidi bezbrižna vrapca ili još bolje kao šakal na plen, pa formalno urlajući na slogove pita je:

— Dez-de-mo-no! Ljubiš li me, Dezdemono moja?

— More, sag ću te poljubim — plane Marijola — ako dofatim ovuj lopatu iz budžak, nesrećo pelivanska! Karađozlijo nikakav! Fantazijo!

— Dobro je — veli Svetislav, zadovoljan. — Imaš dara; fali ti samo škola! A to je lako; uostalom, to će već moja briga biti. Kako je samo planula, osetivši se povređena u svom ženskom ponosu! Pa kako je prirodna! Divno! Taman za tragične ljubavnice! — veli zadovoljan, pa je poljubi oduševljeno.

— E što je sag pa toj! — čudi se Marijola.

— A, šta veliš! Ono maločas! Ono je bio „Luda”.

— A što trebe da mi zboriš. Ja si veće vido' što trebe da je ništo bez red i ludo!

A on joj zatim prilazi, pa je nežan prema njoj; miluje po kosi i ljubi među oči.

— A, šta veliš, ja Otelo, a ti Dezdemona? Pa ti ležiš u krevetu, pa kao spavaš...

— Fantazijo! — veli mu ženica meko.

— A ja se polako privučem krevetu...

— De, nesrećo, neje te pa ni sram... — pa ga udari nežno po obrazu, a sluša ga radoznalo.

— Pa skočim kao tigar na krevet, pa te davim! Je li da bi to bilo divno?

— A što pa da me daviš? — veli uplašena Marijola. — Da ne da Gospod! Neje me majka rodila ni se pa ja udavala za davenje!

— Davim te, pa urlam... urlam kao šakal vruće afričke krvi po krevetu!

— Lele! Živa ti ja, što zboriš! Mori, da batališ ti toj, zašto ću iskočim, ete, pri deda-vladiku, pa ću mu reknem: Dece, mori! Zašto se ženu čoveci i pa devojke udavaju, e li za davenje? Što mi treba muž za davenje! Dve mi oči, ću, ete, iskočim pri vladiku.

— Ha, ha, ha! Čekaj samo dok uzmem one pare. Odmah ti odsečem te tvoje dugačke kineske kurjuke, a ja obrijem ove serdarske brkove. Šta će mi brkovi! Brkovi! Izgledam kao buljugbaša! A, bez brkova, pa divota!

— Ba! — reče ženica prezrivo. — Bez mustaći da mi nesi iskočija na oči, zašto te tag ne priznavam za muža. Kud je pa bija čovek, i pa jošte muž, bez mustaći?! Da gi ne vidim! Ajde, nesrećo pelivanska! — grdi ga Jola, pa ga istera napolje i priđe ognjištu pa gleda oko ručka, a sve joj žao što ga je isterala.

— „Tato! Ajaoj, tato, slatki tato" — dere se opet s vrata i ulazi kao *Nikica* — „ja sam gladan, ja bih valjušaka sa sirom!" — pa prilazi ognjištu, diže zaklopce i zagleda u lonce šta se kuva, pa se razdere: — „Tato, ja sam bolestan, zdravo bolestan! Ajo-o-o-o-j?"

A ona ne voli ni to, ali opet joj je miliji i takav nego kad je tragičan. Pa se onda smeje. Padne na minderluk, pa se uhvati za slabine od smeha, pa samo viče: — Leleee, leleee, što je budala! Tugooo! — Pa se sve klanja i suze joj idu od smeha, a on se blesasto dere kao *Nikica* iz *Staroga bake*.

Tako se, eto, oni počešće razgovaraju. Marijola se i ljuti i smešno joj. Ona ga voli ali kad ga to spopadne, a ona se, bogme, izjada majci, pa se onda one dve savetuju šta da rade. Gotove su da zovnu kakvu babu, da ako mu to što pomogne; ili da zamole vladiku, da ga on zovne i posavetuje.

A to ga je spopadalo počešće i držalo ga poduže, a naročito ga je dugo držalo kad je nasledio masu od nekih trista pedeset i nešto više dukata. E onda je prosto bio da bog sačuva; ali, hvala bogu i ljudima, nije mu se nikako dalo. I kad onda nije učinio ono što je nauman bio i za čim je ludovao — valjda neće više ni učiniti budalaštinu, tešili su se njegovi. — A tada jeste, vala, ludovao i izludovao se. Hteo je da povede jednu manju ali odabranu družinicu, sve onako po izbor bolji od boljega (a prijavile su mu se već bile i dve otpuštene kurziskinje za naivne ljubavnice); pa onda da bude upravitelj, reditelj i prvi ljubavnik — a zna da mala i dekoracije (tamnicu, sobu, šumu i jedan bunar) — a Marijolu da spremi za tragičnu ljubavnicu i da sedi na kasi. Ali bi on, naravno, mnogo pametnije upravljao družinom nego onaj smetenjak, poslednji upravitelj njegov, koji je upropastio onako krasnu družinu, pare smotao, talente rasturio kud koji, a prvu i naivnu ljubavnicu ostavio u „ferzac" kao kasirku u bašti kod Večitoga proleća kod hotelijera gde im je bila arena. Sve bi on to (optimista budući, kao svaki glumac) kudikamo veštije izveo. Ali mu to izbiše iz glave, jer skočiše svi, koliko ih je god bilo, na njega kao na belu vranu (a ni do datog odmah pod interes novca nije mogao doći) — i on posluša majku Siku koja mu reče odlučno: da ona neće, dok je ona živa, dati da joj dete ide u gurbetluk! Jer Sika je imala neke nejasne i čudnovate pojmove uopšte o umetnosti. Kao majka bila je protivna tom novom životu „na daskama što znače svet"; jer se (ne znam otkud) bojala, da joj Marijola ne padne s konopca kakvog!!! A i svi ostali graknuše na njega. Te koje pretnje i saveti kardaša (Kalča je rekao da će da ga bije), koje preklinjanja Sikina i suze Marijoline — učiniše, te popusti.

I on se žrtvovao za kuću i za decu (za kćerku Dobrilu i sina Milenka), iako je tvrdo ubeđen bio da je nešto drugo, uzvišenije nešto, pravi poziv njegov. I naš nesuđeni Gerik zakopa talenat svoj i malaksa; i ugušujući bogomdani mu dar i polet, klonuše mu i spadoše krila, kao očupanom gušćetu, i on se umiri. Savlađuje sebe, ali ipak, ipak; stara ona glumačka krv ne da se zatajiti. Ne verujte mu, i ako ga vidite kako dostojanstveno, birokratski, ide i pregleda i konstatuje čistotu po stanovima, ili se krene s pandurom i kesama da kupi porez — ne verujte mu, velim, onom mirnom i ravnodušnom izgledu i izrazu kao rezignacije neke. Vuk dlaku menja, a ćud nikada; priterala orla zla godina — ali stara ona glumačka krv, kao što rekoh, ne da se zatajiti; uzbuni se ponekad jače. Okreće, istina, glavu i bega od zalepljenih pozorišnih plakata, samo da ne vidi bruku ko igra njegove uloge (u kojima je on prosto bog!), bega od njih kao negda, u staro doba, stari i iskusni mornar što je begao od sirenskih glasova i primamljivih pesama; ali vidi li samo kakvu prostraniju, širu i višu šupu, ipak uzdahne krišom. A kad god vidi kakvo parče crvene ili žute kože, tužan je celoga dana, jer se opet probudi u njemu ona stara uzalud uspavljivana guja; odmah mu dođe na pamet, kakve bi krasne jedne čizme mogle odatle da se načine za Maksima Crnojevića ili Milorada Vilovića!

Stevan Sremac, jedan od najznačajnijih predstavnika realizma u srpskoj književnosti, rođen je 1855. godine u Senti. Osnovnu školu pohađao je u rodnom gradu. Pošto je rano ostao bez oba roditelja, brigu o njemu preuzima ujak Jovan Đorđević, znameniti srpski istoričar i književnik, koji ga 1868. godine dovodi u Beograd na dalje školovanje.

Godine 1874. završava Prvu beogradsku gimnaziju. Iste godine upisuje Istorijsko-filološki odsek Filozofskog fakulteta u Beogradu.

Tokom studiranja, kao dobrovoljac Đačke baterije učestvuje u ratu za oslobođenje jugoistočne Srbije i Niša od Turaka.

Diplomirao je po povratku iz rata, 1878. godine.

Ubrzo po diplomiranju, zapošljava se nakratko kao praktikant u Ministarstvu finansija. U septembru 1879. godine seli se u Niš gde ga je Ministarstvo prosvete postavilo za profesora Gimnazije. Na tom mestu zadržao se jedanaest godina. Predavao je krasnopis, crtanje, nemački jezik, moral, srpsku gramatiku, srpsku istoriju, opštu istoriju i geografiju. Godine 1881. biva prebačen u Pirot, ali se ubrzo vraća u Niš gde ostaje sve do 1892. godine.

Karijeru gimnazijskog profesora nastavlja u Beogradu. Tu počinje da se ostvaruje i kao književnik. Piše realističnu prozu, na osnovu beležaka o konkretnim anegdotama stvarnih ličnosti koje je godinama sakupljao po Nišu i Pirotu. Bio je poznat kao „pisac sa beležnicom".

Jedan je od najobrazovanijih pisaca devetnaestog veka u Srbiji.

U Srpsku kraljevsku akademiju primljen je u februaru 1906. godine kao jedini profesor gimnazije u njenoj istoriji. U želji da u miru napiše pristupnu besedu Akademiji, otputovao je u Sokobanju. Besedu nikada nije održao jer se u Sokobanji razboleo i iznenada preminuo u avgustu 1906. godine. Sahranjen je sa najvećim počastima na Novom groblju u Beogradu.

Jedan od najčitanijih Sremčevih romana, *Ivkova slava* (1895), zasnovan je na anegdoti kojoj je svedočio sam pisac za vreme svog života i službovanja u Nišu. Protkan je Sremčevim prepoznatljivim humorom, ali i realističnim prikazom mentaliteta jednog naroda na razmeđi dva vremena. Krsna slava Ivka jorgandžije centralni je motiv romana. Ugledni domaćin, poštujući sve ustaljene narodne običaje, s poletom dočekuje goste na Đurđevdan. Zaplet nastaje kada tri prijatelja pobratima Ivka i jedan nepoznati gost doslovno shvate običaj da se na slavu ne zove, ali i sa slave ne ispraća pre nego što gosti sami pođu...

ä — čim

adet — običaj, navika, tradicija

Agnija — lik iz Holtajevog dela „Lovorika i prosjački štap"

alen — alevi, crven

alis — baš, upravo

ališ-veriš — dobitak trgovanjem, pazar

amerikan — prosto nebeljeno platno

aname — hanuma, gospođa

anasolinka — rakija začinjena anasonom

anatematika — matematika

antika — nešto osobito, izvrsno

aškols'n — bravo! tako je! vrlo dobro!

aščija — kuvar, čovek koji prodaje kuvana jela

bajinovac — odlična vrsta duvana iz Bajine Bašte

batisati (batisuvati) — pokvariti, uništiti

batli — srećan, srećni

beaz-anterija — duga bela haljina s rukavima, koja se nosi ispod druge

begendisati (begenisati) — izabrati, zavoleti, dopasti se

belkim (belćim) — valjda, može biti, verovatno, kao da

berem — bar, barem

berićat-versum (berićet-versun) — da Bog pomože! hvala bogu!

beštek — pribor za jelo, escajg

bezec — rub, porub, opšivka

blažiti — mrsiti

bolija — ubojita puška

bošča — veća marama u koju se uvijaju i vezuju stvari za nošenje

Bož'ke! — bogo mili!

bućmendžija — koji pravi bućme (tanak svileni gajtan)

bukara (bokara) — bokal

bulbul — slavuj

cvrsto — čvrsto, jako dobro

čalgidži-bašija — prvi u sviračkoj družini, horovođa, primaš

čampare — vezice, lančići na uzdi; metalne kastanjete kojima čočeci zveckaju kad igraju

čandije — crep na krovu, krov

čečiti — čitati

čekija — britva, nožić

čelebija — gospodin čovek, lepo vaspitan

čirak — sluga, šegrt, učenik; svećnjak

čkolja — škola

čoček — Cigančica što igra i peva s dairama

čorbadži (čorbadžija) — gospodar, gazda

čunke — pošto

čuriti — pušiti

ćemanedžija — koji svira u ćemane (violinu)
ćezap — azotna kiselina, za izdvajanje zlata i srebra
ćirija — kirija, najam
ćitajka — vrsta tkanine od koje se prave pamuklije i anterije
ćititi — kititi
ćiša — kiša
ćopek (ćopeci) — psovka: pseto jedno!
ćutek — batina, štap

dance — dno
davija — tužba, žalba (sudu)
deda-vladika — stari vladika Viktor, iz turskog doba, koga su
    zvali deda
dek' — da
demek — to jest, hoću reći
Dezdemona — lik iz Šekspirovog dela „Otelo"
Dolora — lik iz Sarduovog dela „Otadžbina"
dor — tek, dok
dulum — stara mera za površinu, oko 900 m2
duzdisati — udesiti, urediti; izmisliti
dviženije — kretanje, pokret

Džilbert — lik iz Igoovog dela „Marija Tjudor"
džimpir — lola, nestašna osoba
dživdžan — vrabac

đuzel — lep, ugledan, divan

efendija — gospodin

ekimin — lekar

ela, elate — hajde, hajdete

eli — ili

e li? — je li?

em — bud'

epitrop — crkveni tutor, upravnik crkvenog imanja

escajz — pribor za jelo, escajg

esnaf-čoveci — esnafski ljudi, ljudi od reda

ešek — magarac

ešekluk — magareći posao, svinjarija, nestašluk

f — u

Fabijano Fabijani — lik iz Igoovog dela „Marija Tjudor”

ferzac — zaloga, zalagaonica

ficovi — vicevi, dosetke

fidan — izdanak, mladica

firaunski — faraonski, ciganski

fizikusovica — fizikusova žena (okružni lekar)

furt — neprestano, uvek

furundžijski — pekarski, hlebarski

fustan (fistan) — duga ženska haljina

Gerik — slavni engleski glumac iz XVIII veka

gi — ih

gidija — junak, delija, zanesenjak koji izaziva divljenje

gočobija — bubnjar

golem nišan — prstenovanje, prosidba

gonce — ružin pupoljak

gu — nju
gulanfer (golanfer) — beskućnik, skitnica, probisvet, baraba
gurbet — Ciganin skitnica, tuđinac, stranac

hamam — tursko kupatilo

ič — nimalo, ništa
ilač — lek
inćar — poricanje, odricanje
iskačati — izlaziti, odlaziti
iskarati — isterati
iskati — tražiti, hteti, želeti
iskočiti — izići, pojaviti se
istepati — istući
izdizditi se — nakititi se
izlegati — izlaziti

jagurida — nezrelo; u prenosnom značenju tvrdica
jakaša, jaraša! — pripev u pesmama koje pevaju Ciganke
jala — te
Jovanka — lik iz Igoovog dela „Marija Tjudor"
Julije Flotvel — lik iz Rajmundovog dela „Raspikuća"
jutre — sutra

kabajet — krivac
kalpuzan-para — lažan novac
karađozlija — opsenar
kardaš — drug, prijatelj, pobratim
kara-sevdah — očajna ljubavna bol, velika ljubavna zanesenost

kaskandisuvati — sumnjati na koga, biti ljubomoran

katil — krvnik, ubica, neprijatelj

katizma — jedan od 20 delova psaltira

kef — ćef, volja

keleš — ćelav čovek, ćelavko

kenef — poljski wc

keramidžija (ćeramidžija) — crepar, čovek koji pravi crepove (ćeramide)

kerka — kći, ćerka

kijamet — strašni sud, nesreća

kiler (ćiler) — sobica za ostavu

Klanbrasil — lik iz Igoovog dela „Marija Tjudor"

klisarin (klisar) — crkvenjak

kockarin — kockar, kartaš

koli — koliko

kovanluk — uljanik, pčelinjak, ograđen prostor sa košnicama

k'smet — usud, sudbina

kup — skup, gomila; *na kup* — zajedno

kurban — prinos, žrtva bogu

kurtalisuvati — osloboditi nekoga od nečega, oprostiti

kuzum — jagnje

lackati — laskati, udvarati se

lagar-papuče — lakovane papuče

leblebidžija — koji prodaje leblebije

leceder — licitar, koji pravi razne vašarske kolače

lezet — ukus, slast, užitak; apetit

libade — kratki gornji ženski haljetak, širokih rukava, koji se ne kopča spreda

lipcal — lipsao, crkao
lojze (lozje) — vinograd

Maksim Crnojević — drama Laze Kostića
maksuz — naročito
mala (mahala) — kraj, deo grada, veća ulica
male-bašija (malbaša) — starešina jednog kraja varoši, mahale
mandža — jelo, hrana
marifetluk — majstorija, umešnost
masurički — iz masuričkog sreza u vranjskom okrugu
mekam — turski marš, melodija
merak — žudnja, čovek nečega mnogo željan
mesnice — zimski mrsni ciklus
mezeluk — meze
miliprot — hleb umešen s mlekom
Milorad Vilović — lik iz Sterijinog dela „Smrt Stefana Dečan-
    skog"
minderluk — vrsta sofe na pokretnim nogarima koja stoji duž
    zidova u sobi
mrtvak — mrtvac
mumle-šamija — vrsta tanke bele marame
muslafirski — gostinski
mustaći — brkovi
mutavdžija — strunar
mutvak — kuhinja
mužije — muževi, muškarci

nak — neka
nakarati — najuriti, oterati

nalune — nanule, vrsta drvene ženske obuće

nedoumjenije — nedoumica, sumnja, neizvesnost

nemak — nem čovek

niki — neki

Nikica — lik iz Sigetijevog dela „Stari Baka"

njeknja — negda, odavno, onomad

njojni — njeni

njuma — nju; *na njuma* — njoj, njen

običati — imati u volji

objatije — zagrljaj

odi — od

odvaljivati — u prenosnom značenju lagati

okati (oknuti) — vikati, dozivati

okanik (okanica) — sud koji sadrži jednu oku (1.280 kg)

otoičke (otoič) — malopre, maločas

otutke — otuda

pajton — fijaker

pakfon (pakvon) — „novo srebro", smesa od medi, cinka i nikla

pamuklija — kratka haljina s rukavima, zatvorena na prsima, ispunjena pamukom

pasionirt — pasioniran, živo zauzet

pcetište — psina

pčeški — pseći, pasji

peki! — dobro!

pelivan — igrač na užetu, gimnastičar

penjerlija — lepinja nadevena sirom

peš — peške, pešice

pezevenk — pokvarenjak, nikogović, svodnik

pišin — odmah

pišman — odustajanje, kajanje

pocrcati — pocrkati

pobrgo — brže, pobrže

pokaniti — ponuditi

pomomak — bolji momak

poručati (nekome) pilav — dočekati nečiju smrt

posmešiti se — obrukati se, pomesti se

potakva — malo bolja

potepati — pobiti, potući

poturnjak — poturica

prajiti — raditi

prilegati — priličiti, pristajati

prolet — proleće

prominuti — proći

pućet — buket

putine — cipele, vezice za privezivanje opanaka (umesto kaiša)

rezil'k (reziluk) — sramota, stid

rodljak — rođak

rutav — čupav

sadrazamsko vreme — period kada bi veliki vezir dolazio u neki vilajet radi inspekcije, što je uvek bilo propraćeno ili premeštajem valija ili vešanjem i progonom sumnjivih građana

sag (sagašnji) — sad, sadašnji

sajbija — imalac, vlasnik, gospodar, posednik, domaćin
sal' (salte) — samo
samnuti (samnuvanje) — svanuti, svanjivanje
sankim (sanćim) — tobože
sas — s, sa
sehiriti — s uživanjem posmatrati, gledati, čuditi se, uživati
serbez — slobodno, bez brige, straha, neusiljeno
sijasvet — sijaset, vrlo mnogo
sikter! — odlazi!
sinedrija — jevrejsko zborište
skarati se — svađati se
skutati se — sakriti se
slavej — slavuj
sledovatelno — dakle, prema tom
sobući — svući, skinuti
sostojanije — stanje
spacirati (špacirati) — šetati, hodati
spolaj na Gospoda! — hvala bogu!
sramuvanje — stid
srma — srebro
stanati — postati
strošiti se — slomiti se, razbiti se
suz! — ćut! kuš!

šalvaruša — žena koja nosi šalvare (ženske široke pantalone)
šamija — tanka marama za ubrađivanje ili povezivanje
šebek — majmun
ševećerija — rad pod svećom (obično rano ujutro, kad radnici
    ustanu oko 2 ili 3 časa i rade do zore)

široći — široki
šljivka — rakija šljivovica
šotka (šočiki) — patka, pačići
što — da

tabijat — narav, ćud, priroda
tag (tagaj) — tada
Talbot — lik iz Igoovog dela „Marija Tjudor"
tamke — tamo
tantika — tetkica
tarator — salata od krastavaca
taraf-taraf — dar-mar
teće — tek, istom
teferič — veselje, mesto u polju za veselje
teftedar — blagajnik, računovođa
terzijan — drvce kojim se udara u tamburu
tike — tek, samo
tirijaćija — ljubitelj nečega, zanesenjak
tiš-kolege — drugovi za stolom (u kafani)
toli — toliko
toprv — tek, prvi put
treska — groznica
tufek — puška
tunofes — običan crveni fes
tutun — duvan
tutur — tutor, staralac

uapiti (uhapiti) — uhvatiti, ščepati, ujesti
ulegnuti — ući

unikum — jedinstveno
utepati — ubiti
Uzundževo — mesto u Turskoj čuveno po vašarima

većil — pomoćnik
vikati — govoriti
Vinik — breg pokriven vinogradima u blizini Niša

zadružan — jak, razvijen
zagar — lovački pas
zajac — zec
zamandaliti — zatvoriti
zanajat (zanajet) — zanat
zapojati — zapevati
zasedanje (sednica) — kancelarija, soba, prostorija za rad
Zejbeci — tursko pleme u Aziji
zem — zemlja
zor — sila, snaga, moć
zort — strah, plašljivost, nevolja, teskoba

žalni — žalosni, tužni
živo-zdravo — pozdrav: kako si!
žmiti — pospano, dremljivo gledati, čkiljiti

www.ingramcontent.com/pod-product-compliance
Lightning Source LLC
Chambersburg PA
CBHW070959180726
48291CB00004B/1368